little strawberry

草莓妹 2

故事 • W. H.　作畫 • 利志達　協力 • 夏理斯

原媽媽·
原子仁·鼻涕波弟弟
原爸爸
運動能手
可愛的婆婆
動物王米米！
蝴蝶·貌美的班長
草莓仔
椰殼猴子
嘉囍、
妮妮
老友記
VIVIAN
的表妹
肥超人
阿姨

第二十七集
身世之謎
肥超人死光
嘻
呀……
哈…把肥超人捉着了！
呀！肥超人危險呀!!
又是佐敦!!
他閃身將球交給柏賓！噢，好像是……
籃球—!?
我想看籃球直播……卡通經常也重播……
…哥
唯有錄下來看吧…!!
哥…可不可以教我如何操作…?
阿笑…對不起，它壞了。

阿仔，第三場要開跑了，要轉台看看好嗎？
馬匹出閘，3號帶先…
冇球賽…去飲汽水…
呀！怎麼沒有的!!
笑…我手上的就是最後一罐。
哇~媽媽！哥哥有欺負我!!
上次買回來的汽水全給哥哥喝光!!
快弄好了！還要飲汽水!!快來幫手開飯!!
笑，筷子還沒拿出來!!
飯筷子！
我想要蠔油，謝謝！
笑，幫爸爸盛飯…謝謝。
怎麼不要哥哥做？
我活像小容傭人…
笑，幫媽媽把枱面執拾好。

又是我…爸爸舒服看報紙…懶蟲哥哥看電視。…
哈哈…BB很趣緻呀!!
乒!
哦!媽媽!阿笑又砸爛碗了!!
……
呀!笑!!為什麼你總是不小心!!
……
要你幫手,你總是越幫越忙的!!
全家的碗都不一樣了!忙的!!
阿笑這麼蠢…跟我們相差太遠了。
不要再吵了!一家人小心執吧!!
哇…哇……嗚……
難道我不是媽媽親生的…

孤兒……
牙牙……
咦…樓梯底有個BB，好可憐…
是啊…好可憐…
媽…一會去公園玩好嗎？
沒我的份兒…
帶多些禦寒衣物！
悶時有卡式收音機伴着…
天氣太冷了…綿被怎少得……咗……
朝早要刷牙!!
……

他們都不理會我…這裏沒有溫暖…
讓我去找真正的家人…
媽媽，洗好了沒有！快叫阿笑換衣服去街。
快弄好了…
唔…先住哪裏好？
阿笑，妳…去旅行？
離家出走的不好…在這裏歇一會更回去吧！
她常常買蔗汁給你，所以他一定是你媽媽!!
呀！我們剛剛租了肥超人影帶！
我慢慢離開他們，他們也不理…
……
……
哈！怎麼可能…沒可能的。
沒可能的理…

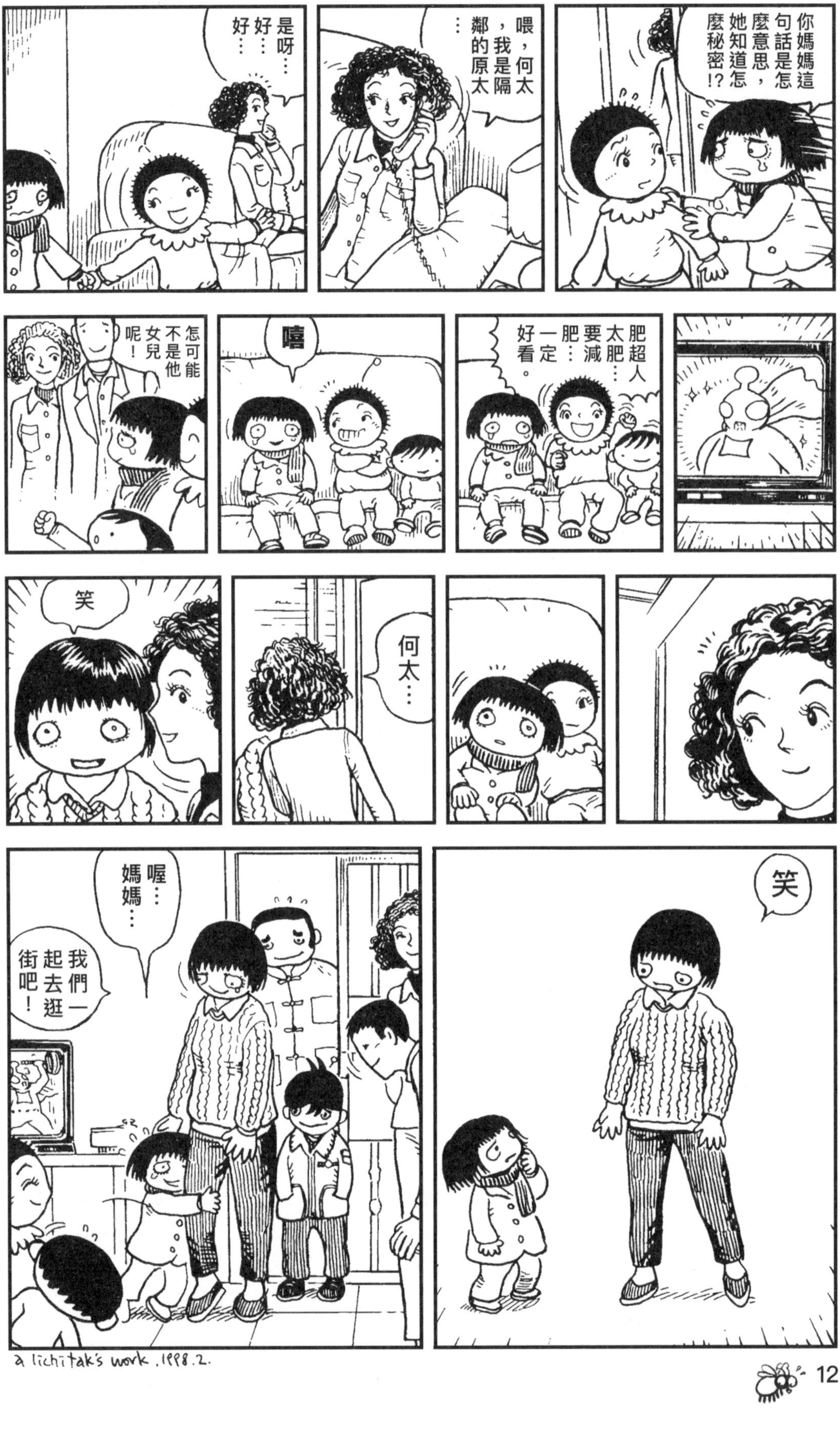

a lichitak's work .1998.2.

第二十八集
上電視
……
……
芒果夾心好味道。
?
早安!
早安!
草莓、米米,請你們吃餅。

嘉慧，我聽那邊的學生說在電視上看到妳…
嘉慧是真的嗎？
我想看呀！妳怎會上電視的？
是呀……
只是一輯教育電視的數學科……那位導演是爸爸的朋友……
教育電視？
嘉慧，何時會播放？
我…我也不清楚，但…可能明天有數學堂。
明天……
嘉慧，拍電視好玩嗎？
是否要補妝…抹粉？
有少許啦……
嘉慧，妳的皮膚這麼白晰，難道是…
今天放學回家看看否播放！哈……
談甚麼這麼開心？
媽媽……我們快回家去！

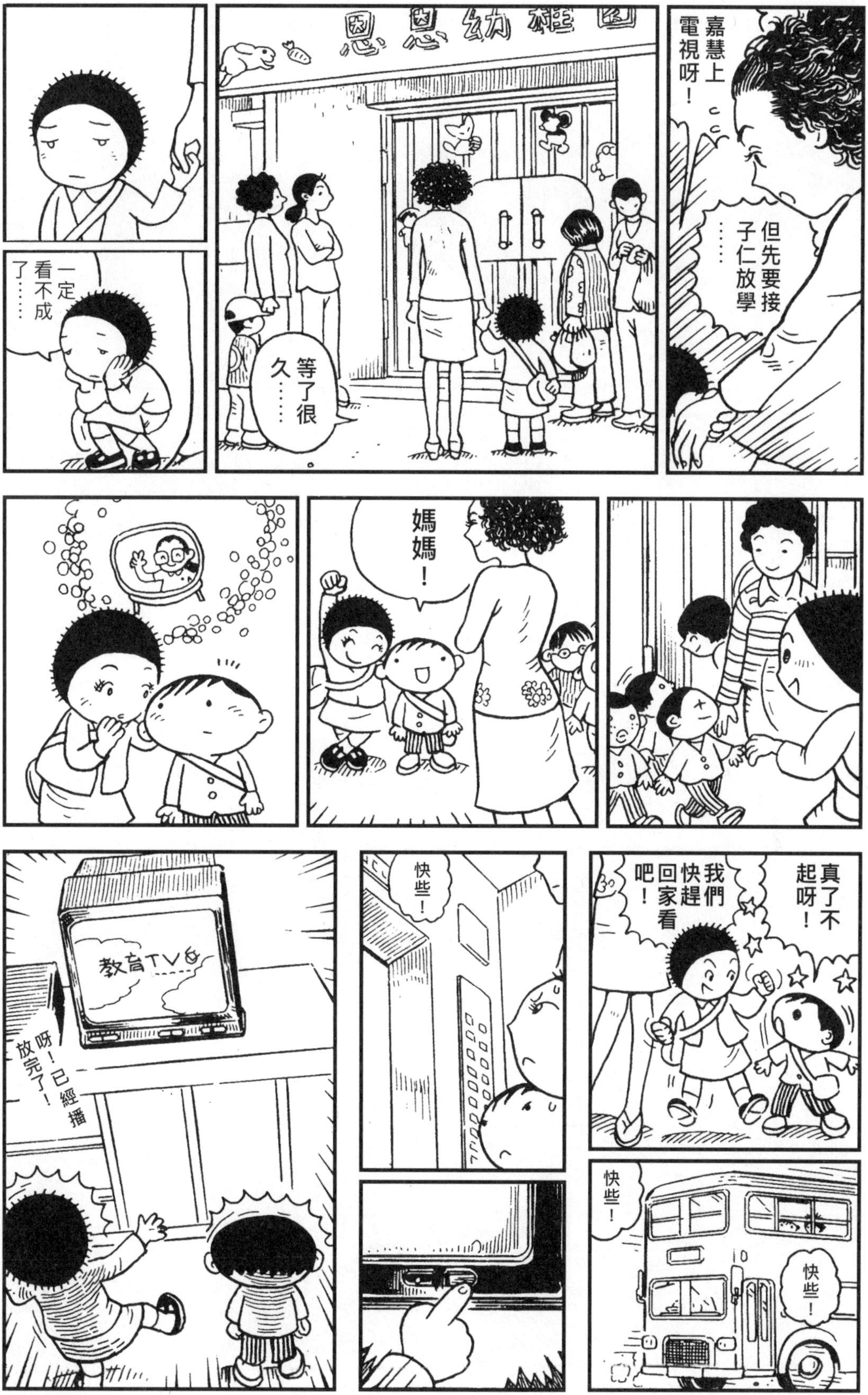

嘉慧上電視呀！
但先要接子仁放學……
恩恩幼稚園
等了很久……
一定看不成了……
媽媽！
真了不起呀！
我們快趕回家看吧！
快些！
快些！
快些！
教育TV
呀！已經播放完了！

＊《溫故知新》是 70 年代無綫電視的問答遊戲節目，內容考驗小朋友智力及常識，並分開「必答題」及「搶答題」兩部份。

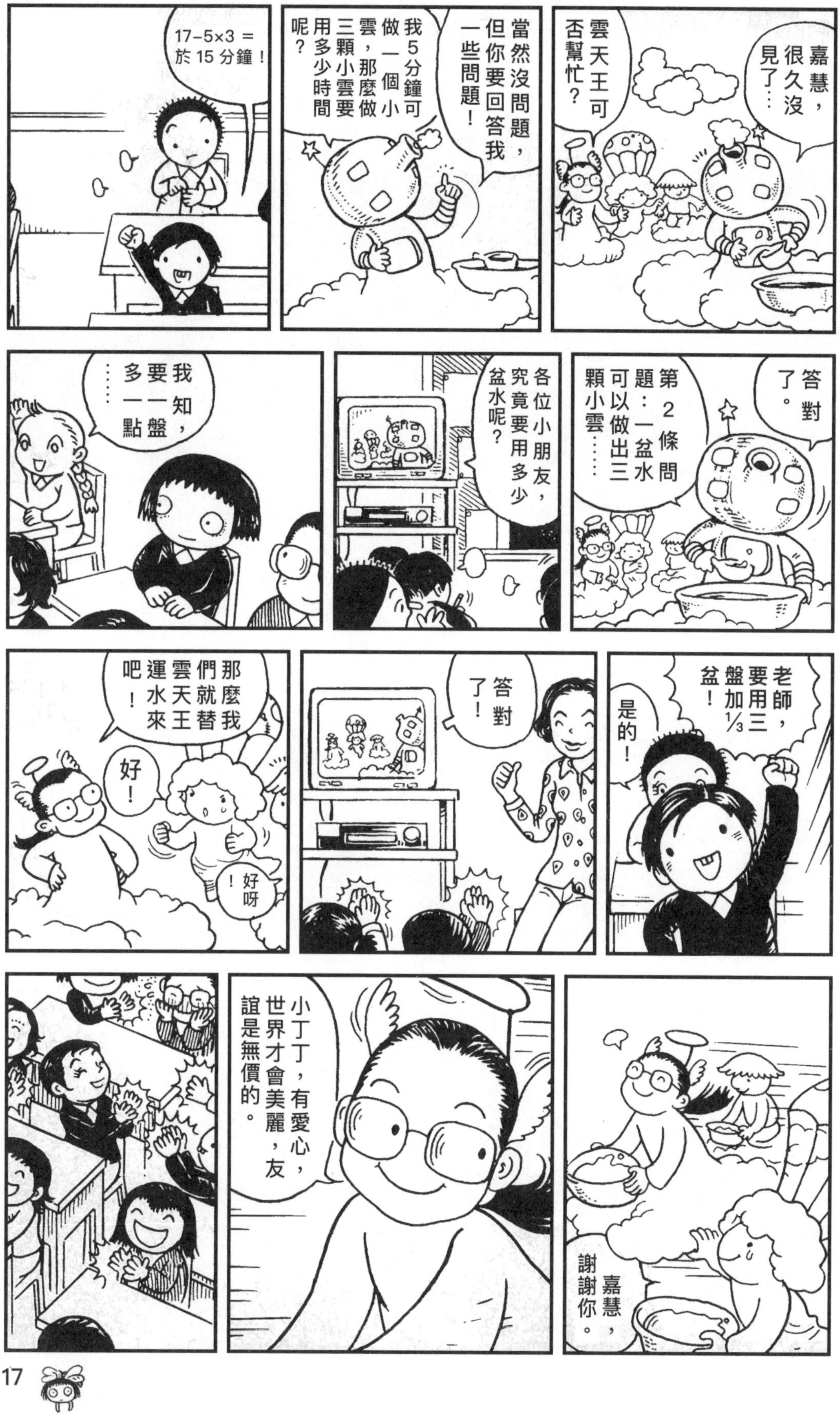
嘉慧，很久沒見了……
雲天王可否幫忙？
當然沒問題，但你要回答我一些問題！
我 5 分鐘可做一個小雲，那麼做三顆小雲要用多少時間呢？
17–5×3 = 於 15 分鐘！
答對了。
第 2 條問題：一盆水可以做出三顆小雲……
各位小朋友，究竟要用多少盆水呢？
我知，要一盤多一點……
老師，要用三盤加⅓盆！
是的！
答對了！
那麼我們就替我雲天王運水來吧！
好！
好呀！
小丁丁，有愛心，世界才會美麗，友誼是無價的。
嘉慧，謝謝你。

陳嘉慧，表演得不錯哩！
嘻嘻……
小息
我也想像嘉慧搬上電視。
我也想啊……
草莓，快過來！
我也有份兒！
那個不是我嗎？我上電視啊！！
是妳小時候，甘地叔叔替你們拍下的……
牙
哇~
哈…謝謝爸爸…
草莓，何笑找你…
哦？看第一台新聞？
發現怪魚的街市位於…
店主稱他會把這怪魚放生…
NEWS
哈哈哈……
a lichitak's work, 1998.2.

第二十九集
上電視
各位同學，現在派回數學功課……
溫小芳、汪文跟原子玫同學。
你們的功課錯處特別多，以後上課要多加留心。
呀……
而米米同學的數學比較好，你們要多向她學習。
只要多用心，成數其實也很簡單。
3. 3×8 =22
4. 4×5
放學後
8
7

?
咦？……
唔呀……
咳……
13、14、15、16……
唸好乘數表不就行了嗎？
我正在計算非常複雜的數學。
草莓妳在幹嗎？
16、17……18
買的時候也沒察覺到，這小天使少了一隻眼……
喔！這個小天使的眼……
終於完成一條數學題目了……
天使小姐賞面跟我跳舞嗎？
汪汪……天使姐姐真漂亮啊！
！

草莓，功課做好了沒有？我自己去街市吧……
喔……
快了快了……快做好了！
草莓，不准用計算機!!
三四一十二、三五一十五……
草莓，三乘四是多少？
3×4
3×4……
是不是……十二？
對了，要記好它！
小朋友們，多謝你們幫我計數做功課。
太好了！可以逛街。
草莓，只要好好記着這乘數表，以後做數便不再怕乘數了。

米米！
二二如四
二三如六
米米，妳好。
原Aunite，跟草莓去街市嗎？
米米，你的鼠鼠圍裙很可愛。
但有點污漬啊……
草莓，妳在這裏跟米米玩一會，我買東西後回來接你。
好好……拜拜。
剛才做數學做到天旋地轉啊……
我要先把鼠糧裝，才能做數學功課。
鼠鼠就是吃這些東西？
看，一包包的等待顧客！
小妹妹，我要一包和稈草……
好！
好了現在做功課。
米米，讓我來試試！

先生，多謝5元。
10元減5元……
等於5元……
先生，找回$5，給你。
米米，我稱職嗎？
哦…妳已經做好了…？
是啊！乘數其實也很簡單……
只要記熟乘數表便容易了！
吓…又要唸這……
不如一起唸吧！
一一如一
一二如二
一三如三
二一如二
二二如四
二三如六
加些節奏感。
三一如三
三二如六
三三該九
三四一十
三……
三五一十五、三六一十八、三七二十一……
一一如一……
哦！了哥也懂得乘數表！
再來一一如一、一二如二……

a lichitak's work, 1998.3!

第三十集
瀨屎
還很眼睏呀…
子仁！怎麼會這樣的？
看床單給你弄得濕了一大片……
嘻嘻…子仁瀨尿…
我……
昨晚喝了很多水嗎？
……
子仁……醜醜…醜…
嘻嘻

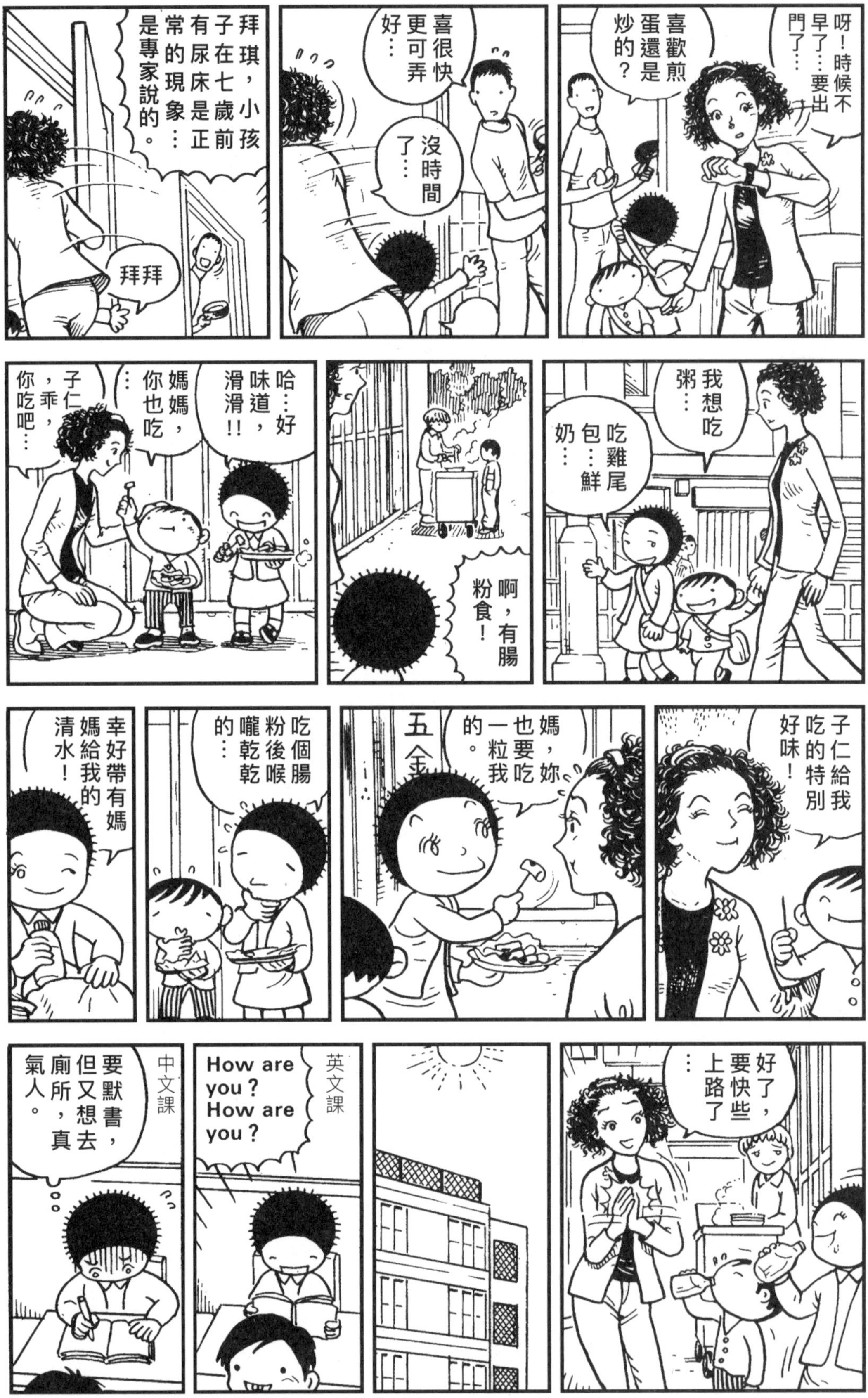
呀！時候不早了…要出門了…
喜歡煎蛋還是炒的？
喜很快更可弄好…
沒時間了…
拜琪，小孩子在七歲前有尿床是正常的現象…是專家說的。
拜拜
我想吃粥…
吃雞尾包…鮮奶…
啊，有腸粉食！
哈…好味道，滑滑!!
媽媽，你也吃…
子仁，乖，你吃吧…
子仁給我吃的特別好味！
媽，妳也要吃一粒我的。
吃個腸粉後喉嚨乾乾的…
幸好帶有媽媽給我的清水！
好了，要快些上路了…
英文課
How are you? How are you?
中文課
要默書，但又想去廁所，真氣人。

急…急…
嘩！人頭湧湧的…廁所只有兩格…
排隊…
翠珠！
很久沒跟你玩了…
快關門，有好東西給妳。
……
這粒小橡膠擦很趣緻…
只售3元？
居然在廁所玩動物膠擦…
……
翠珠，真的送給我？
放學後一起去買…
喝!!別再廁所玩!!
草莓…
草莓…嘗試這花心棒…
好味道，吃了人也開心了…
是呀！這簡直是重要的發明!!
?

妮妮，可以告訴我，妳在幹嗎？
我在踏妳的影子，這樣晚上妳更會瀨尿！
阿笑，妳的影子我也…
竟然有這樣的遊戲…!?
喝！
哈哈哈…
我踩中妳的…
哈…草莓…今晚也…
哼！我也來了!!
我的早上就是你們的晚上啊！
子仁，今晚別瀨尿了…
不要笑我啦。
Z Z Z
終於到了！

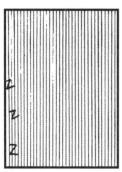

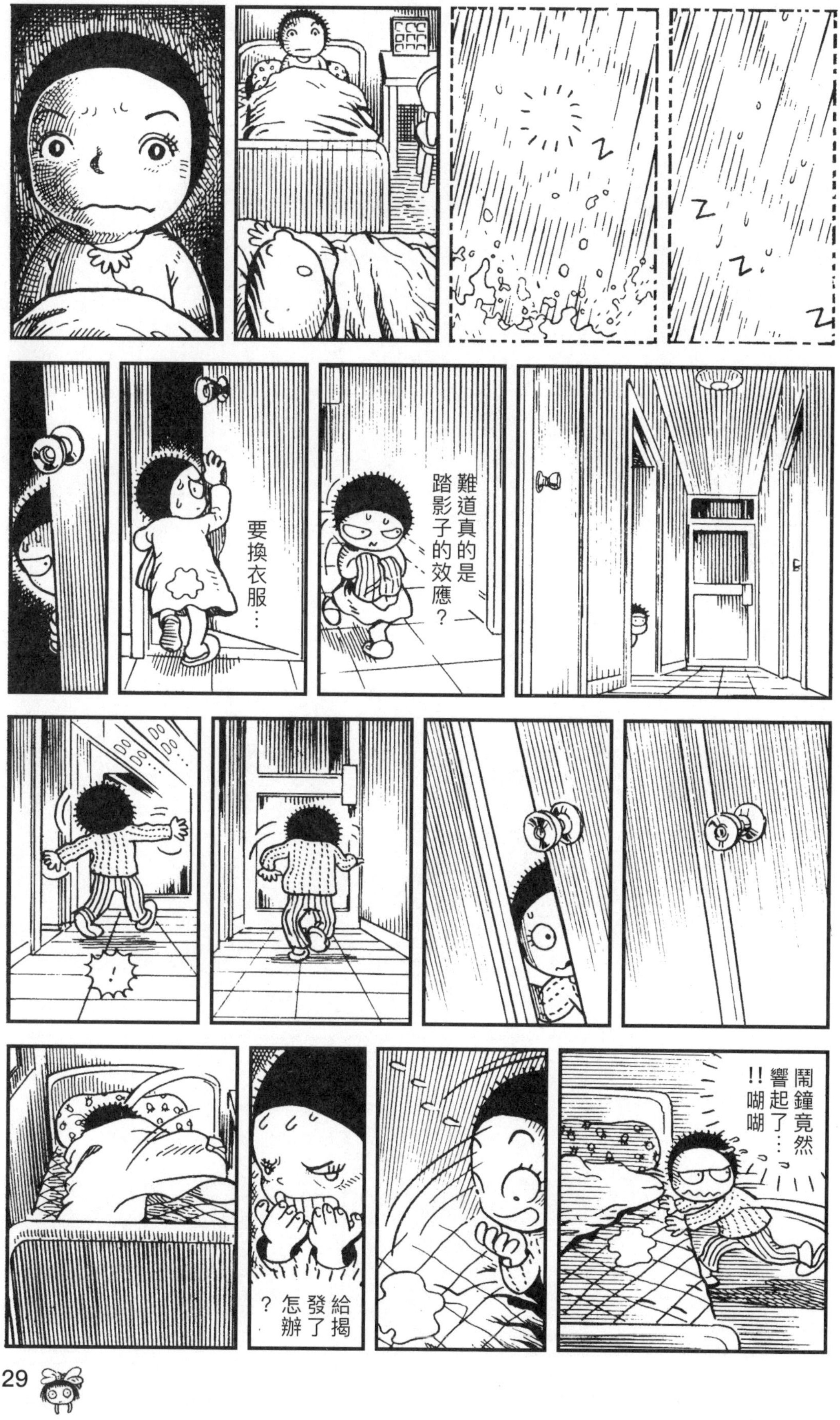
要換衣服……
難道真的是踏影子的效應？
給揭發了怎辦？
鬧鐘竟然響起了……
嘝嘝!!

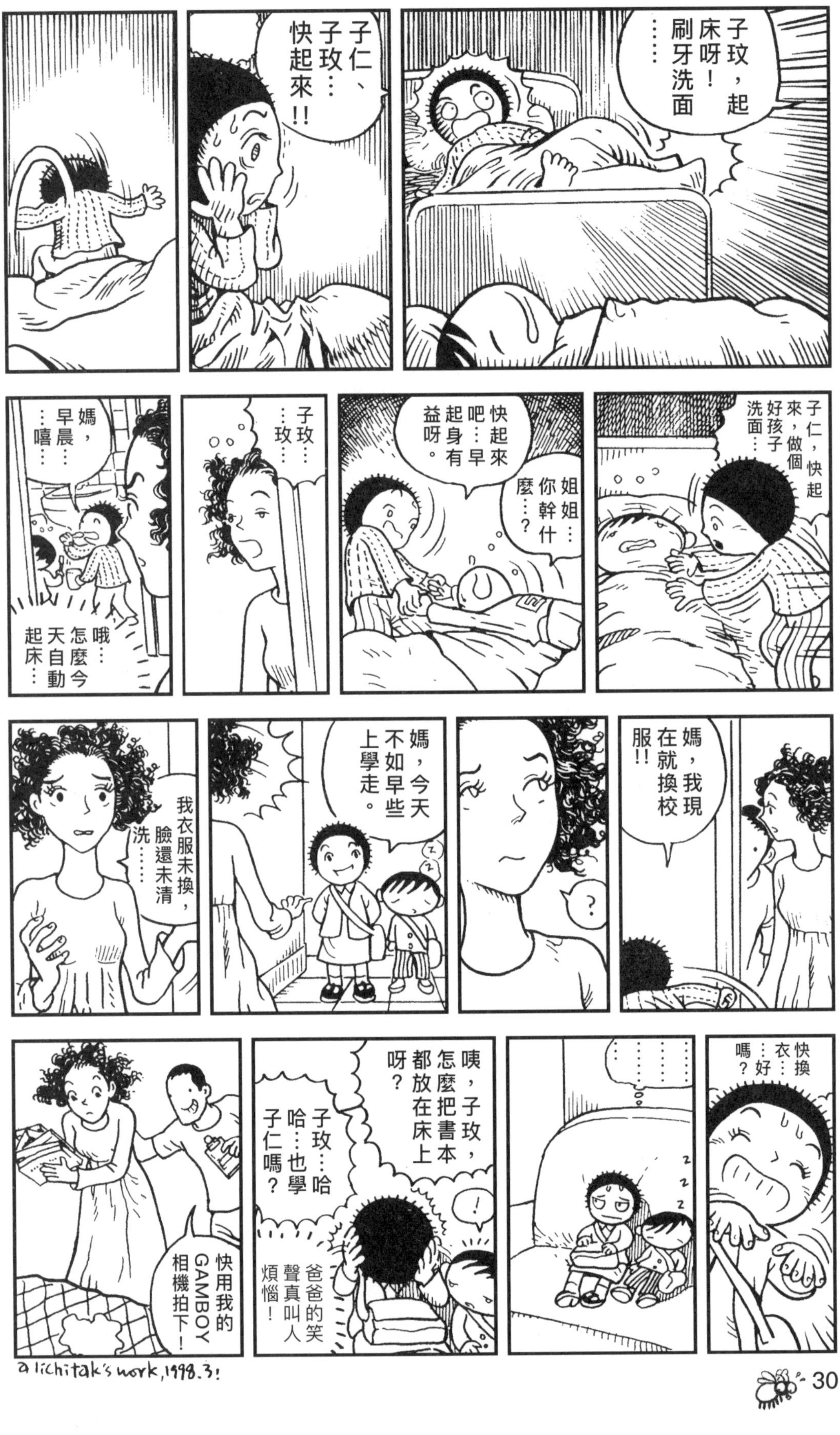

a lichitak's work,1998.3!

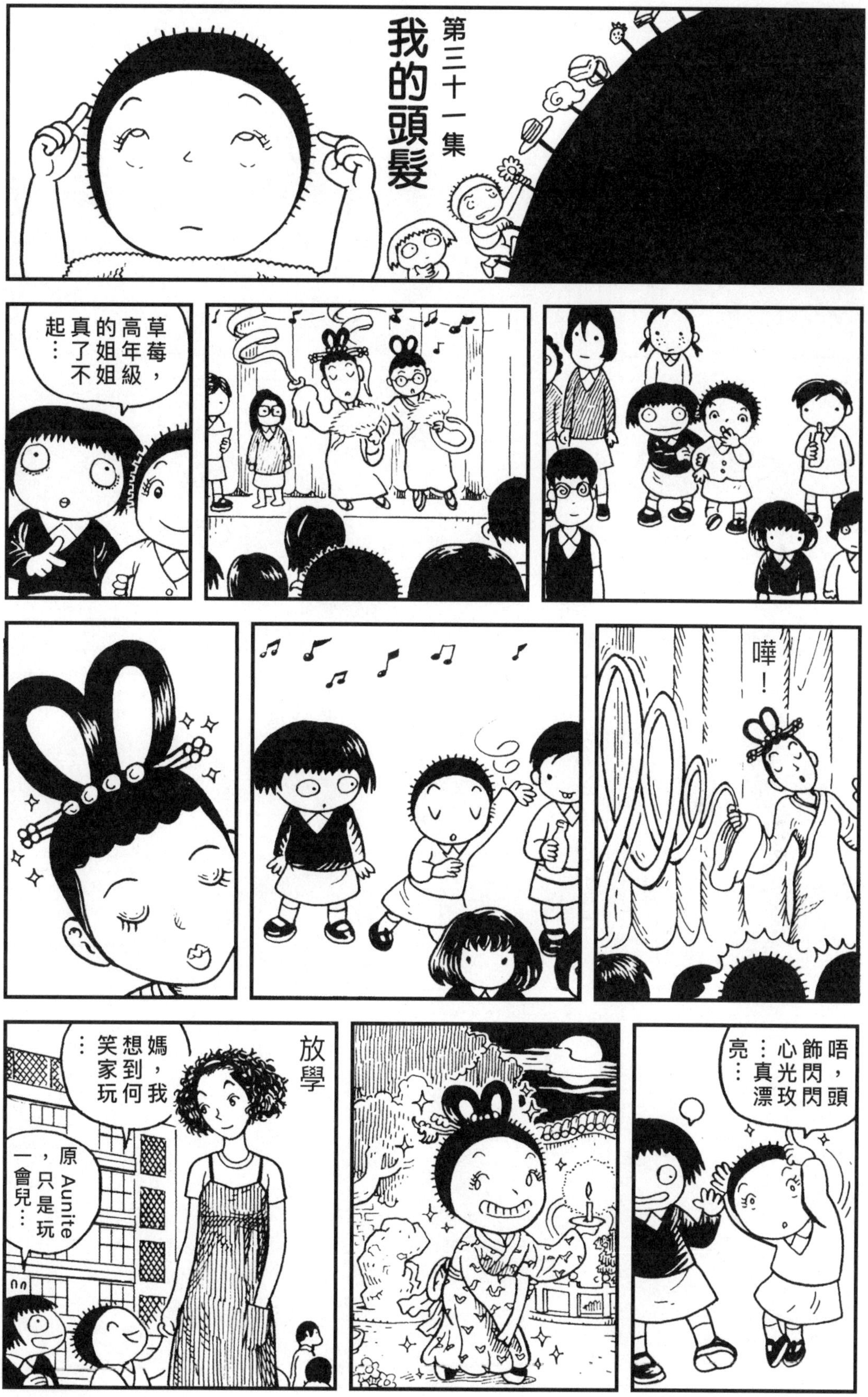
第三十一集
我的頭髮
草莓，高年級的姐姐真了不起…
嘩！
放學
媽，我想到何笑家玩…
原Aunite，只是玩一會兒…
唔，頭飾閃閃心光玫…真漂亮…

媽，草莓來玩一會…
伯母午安
不要忘記做功課…
OK媽媽
……
嘩！好舒服…
找到了！上次用剩的…
似乎不太足夠…
沒相干吧…
好看嗎？……
兩大兩細的頭髮圈！
銀光閃閃頭飾
這是我的…
何少，妳要這對嗎。
扮古代人，一定要把頭髮鬛起來嘛…
哈哈…樣子很怪…！
嘻…像不像…！

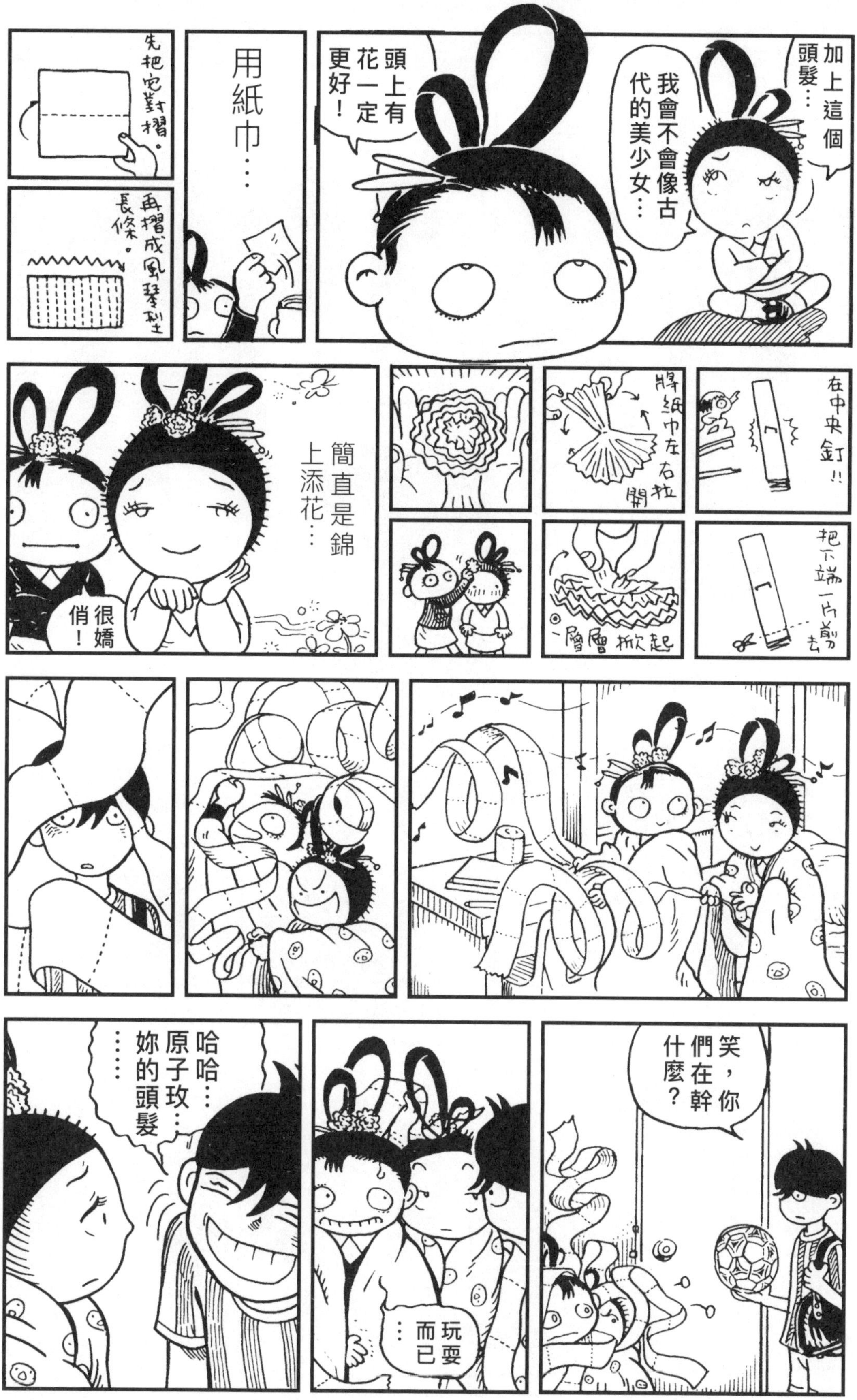
加上這個頭髮…
我會不會像古代的美少女…
頭上有花一定更好！
用紙巾…
先把它對摺。
再摺成風琴型長條。
在中央釘!!
把下端一片剪去
將紙巾左右拉開
一層層掀起
簡直是錦上添花…
很嬌俏！
笑，你們在幹什麼？
玩耍而已…
哈哈…原子玫…妳的頭髮……

看你的頭髮一支支的…怎會辦得好看呀？㗎㗎…
哈哈……像假髮一樣……哈…哈…
草莓…
媽媽…其實，妳有沒有覺得我的頭髮有點怪…
草莓，妳說什麼怪…
好羨慕媽媽經常換髮型…
而我的頭髮卻永遠也是一樣…

唔…這個問題可難到我…我也想了解很久…
應該……可能……是……
各人的髮質也不同…像我們家裏各人…
爸爸的柔軟頭髮…
子仁的頭髮也是一束一束的…
姐姐…我們交換頭髮吧…
嘻
70
新氣201
悠美可人……
鈴鈴
……
……
爸爸，你找媽媽？你可否先回答我一個問題。
唔…你跟媽媽的答案一樣…
當然記得！一會兒我會去做頭髮，然後更起行！
媽媽、媽媽…我也去做頭髮…！

a lichitak's work, 1998.4.

第三十二集 走火警

妮妮住的屋邨
爸爸小時候也有走火警的。
妮妮，怎麼只吃舊餸菜？
嘻…因為我最喜歡吃這款餸菜…
這款餸菜，簡直百吃不厭…
因為駕駛夜間的士很辛苦，所以爸爸一定要多吃新鮮餸菜呀！
妮妮，真乖。
但…這似乎仍未熟透…還有點凍…
那就不要吃吧…來吃新鮮餸菜…
多謝爸爸，大家也吃吧…
我也要！
明天走火警也可以走快些…
哈哈…
看，我又帶了大草莓!!
哦…忘記了，今天舉行防火演習…
最好在體育課進行。
千萬不要在音樂課…

警鐘一響，我便幪着口鼻！
我最怕計數，數學課響更好了！
數學課……
+－+－－+
+13
那位同學懂得這數學題？何笑同學……
……
………
為何警鐘還不響……？
小息
真氣死人！又加又減……
呵呵……定是在體育堂時走火警……
體育堂體育堂
體育堂
老師……
妮妮同學，妳面色不太好，有什麼問題呀？
老師……我肚子……忽然痛起來……
好吧……妳往洗手間，快些回來。
多謝……老師……呀……
又要做運動……！

換好衣服後，便下去操場了。
何笑…你怎麼了？
鈴~~鈴~~
鈴~~鈴
哇吓!!太好了!!
好呀！走火警!!
鈴~~
各位同學，先一個個排好。
讓我把一切都收拾好！
在火警奮不顧身的…
……
對！這樣子才有真實感…
唔…好…我也要帶我的小手帕。
大草莓

鈴~~~
大草莓……安全了……
鈴~~~~
快些快些
鈴~~~~鈴
喔!走火警!!
鈴~~~
5…6…7…
鈴鈴~~~鈴~~
如廁記緊要沖廁
雖然趕時間,但一定要洗手
哦!妮妮同學…
啊!妳們…怎麼連書包都帶來?
各位老師、各位同學、大家好。
校長
好高興大家能迅速完成火警演習…
不過各同學在過程中過分喧嘩及爭先恐後地玩耍…
校長
這點請大家注意…而低年班的同學…
校長

唔…有些低年班的同學，竟然連書包也背下來……
哈
哈
大家請肅靜…大家要明白，當火警發生…
校長
生命是最重要的！其餘都是其次的。
同學們不應該浪費時間去拿東西!!
萬一真的有火警發生便不好了！
好了，大家回去繼續上課。
……
校長說的話明白嗎？下周再演習時要注意呀！
明白！
玩的時候又回復哈哈歡笑…
……
老師妮妮同學的肚子又痛……
何笑，來玩球……
咦？是什麼音樂……

雪糕呀
以後飲食要小心呀……
一星期後
替老師做事真開心……
鈴~~~
鈴~~~
不可再遲到了……快走、快走……
妮妮同學……
老師，校長說不要帶東西下去！我們把書拿回教員室？
但很遠。
老師，那麼我們快些下去吧！
老師，快些……
老師，不是拾好才下去？

a lichitak's work, 1998.4:

第三十三集
跟外婆一起的週末
媽媽，週末到婆婆家玩好嗎？
唔…但媽媽那天有些事要辦…
媽…求求妳…我很掛念婆婆…
把我放在婆婆家就可以嘛…
真沒妳辦法！要乖的才行呀！
嘻嘻…但我愛大自然。
婆婆，你好嗎
!!
草莓…看我為妳預備的…
雪櫃裏有煉奶…
哇…
琪，妳有事辦，先回去吧。
媽媽，真麻煩了妳…
拜拜
拜拜

la la
草莓，小心跌呀！
種菜菜！
婆婆，好味道嗎？
很好，很好！
婆婆，請妳吃煉奶草莓！
阿吉，怎麼了？
草莓子，想吃什麼？讓我來煮……
嘝……
她整天也會纏着我左右……
喵
草莓，這是小貓阿吉，牠很害羞的。
呀，你忘了介紹我，她是外孫女，替她原子的，玫瑰草莓又名。

婆婆…怎麼開了收音機又不聽？
哦…我只是想有些聲音。
原來如此…la…la…
今天我煮雞髀…
蝦仁炒蛋…菜心…
蝦餃燒賣
豉汁鳳爪、山竹牛肉、鮮竹卷…
蝦餃、燒賣、鳳爪、牛肉…
婆婆想吃什麼？
蝦餃！
一籠蝦餃，多謝！
婆婆，妳的記錄咭呢？
大點一碟！

腸粉……
腸粉……
婆婆，想吃新鮮出爐叉燒包嗎？
叉燒包一籠，多謝！
叉燒包好味道！
菜肉包、奶皇包、叉……
草莓子，吃飽點心嗎？
喝杯茶幫助消化。
meow

阿吉……你好……
mew！
真乖……
剛才你親婆婆哩。
meow
婆婆……阿吉抓我啊！

aitchitak's work. 1998.5.

* W特以本集故事獻給她的婆婆！with♡.

第三十四集
豆豆豆
Hi
草莓，還在睡覺…
起來做運動…
妳的腳怎麼貼牆？
是婆婆教我的，這樣會比較涼…
快起來做運動呀！
媽…呀…!!
好豐富的早餐呀！
但吃完要回家溫習！
……
……

香港的過海隧道有三條…
東區海底隧、西區海底…
呵…
位於赤鱲角的新機場是亞太…
呀！媽媽…妳有替我買蠶豆…？
好呀！
好好溫習呀…
准鹽蠶豆
好像跟他們吃的有些分別…

嘞
吓
走開……
它會否……

真可怕……
是呀，是呀……
我也10分喜歡呀。
草莓，妳怎麼不作聲？
身體不適嗎？
給爸爸媽媽責罵了嗎？
草莓
嘻嘻

好多豆呀！
蠶豆……？
豆？

草莓子…我很害怕，肚子的樹會生豆豆…
若果說越長越大…會很嚇人…
我會變成怪人…怕怕…
草莓，吃飯了…
…草莓
喔…又是豆豆…
?
爸爸、媽媽…其實…
於是草莓把事情全部說出來
傻女，我們的胃會把它消化掉嘛！
唔，我想起少年時代，我也吞了口香糖…
不過，我相信他還在我的胃裏面呀…嘿嘿。

a lichitak's work, 1998.5.

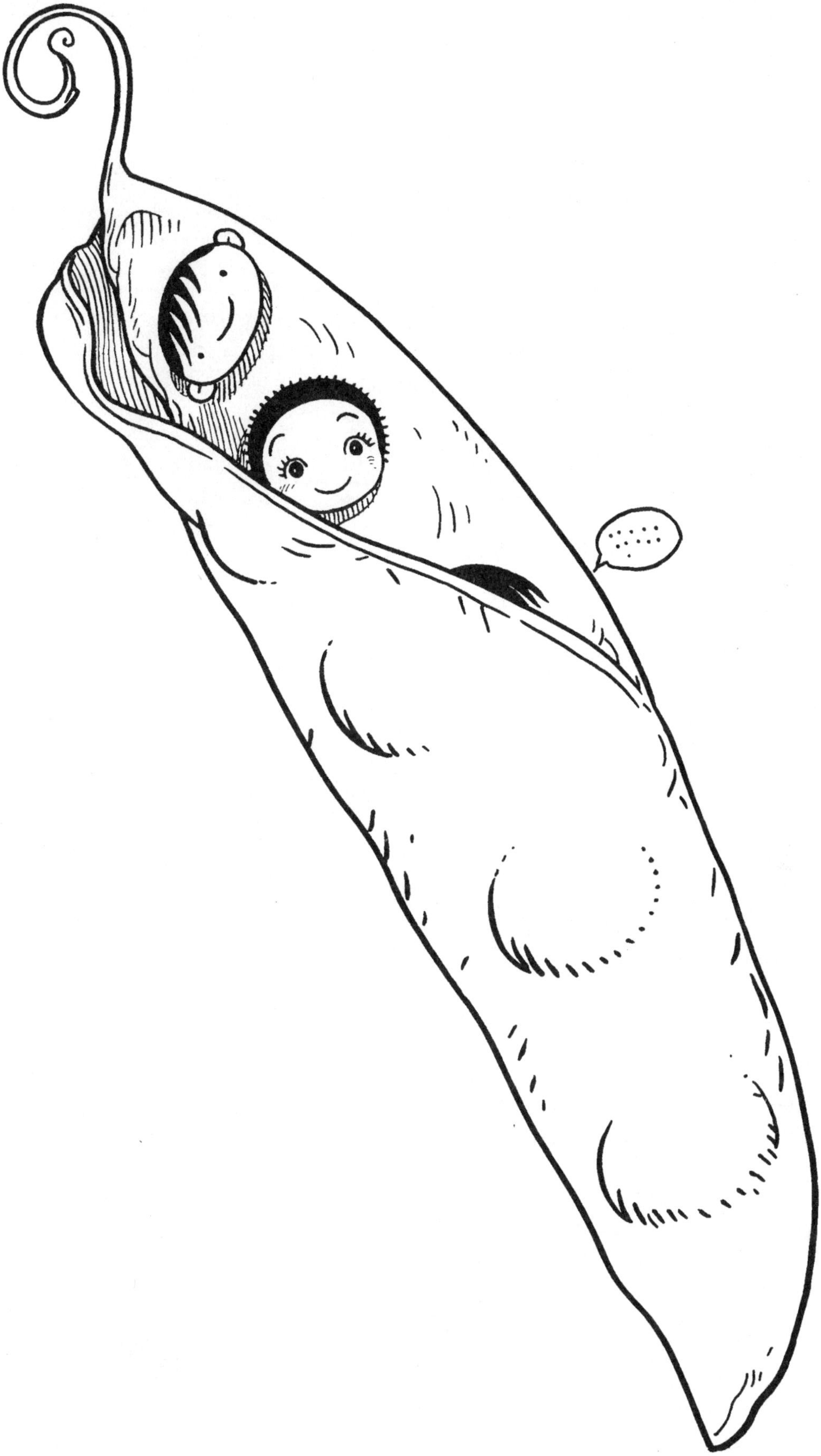

第三十五集
吵架
起立!!
哎吔!!
美美同學，妳有沒有事呀？
嘩！好痛啊!!
美…美…
對不起，我的枱夾着妳…
我的位置太窄…
嘉慧，都是妳不好，把枱子推得這麼前！霸王精!!
呀…蝴蝶…我…
不要吵了！把枱子移寬便行了。

轉堂時間
讓我來量一量……
少於兩尺——
我已經拉開了……
正式「霸王慧」!
妳以為妳這個班長又很捧嗎?時常裝空作勢!!
嗚……嗚……蝴蝶,不要哭啦……
我「嬲」死妳!!劉嘉慧!!
蝴蝶,不要哭吧……
嘉慧,一人少句吧……
嗚……哇……
蝴蝶,不要哭拉……
嘉慧……妳……不要……
……
何笑!

何笑，我請妳喝蔗汁，呀…
何笑，一起玩捉迷藏，知否草莓在哪裏？
何笑，如果妳跟我們玩，她也不理睬妳了！
何笑，來一起玩吧。
……
呀！突然尿急呀…
唉，在這裏避一避…
哎—她們吵架真不好受呢！
草莓，原來妳在這裏！
唔……真不開心呀，我們不要分開！
……
唔…教人不知如何是好！

我們應該現在出去嗎？
……
兩天後——體育課
各位同學，我們今天玩一個新遊戲……
這遊戲要考驗大家的合作性，是刺激又好玩的——
二人三足！
同學們由各自的編號順序分成二人一組。
蝴蝶的編號是13……
為是14……
那麼……
老師，老師……可以更換組員嗎？
哦！為什麼要換人？
老師……
是……因為……
不要說了，給妳們紅色帶子，快把腳綁緊好吧！
……
好喇！好喇！讓我來綁緊帶子！

大家不用急……小心絆倒。
快接着……到妳們了……
A……A
AA……
喔……
噥……
吖吖……
我……

a lichitak's work, 1998.6!

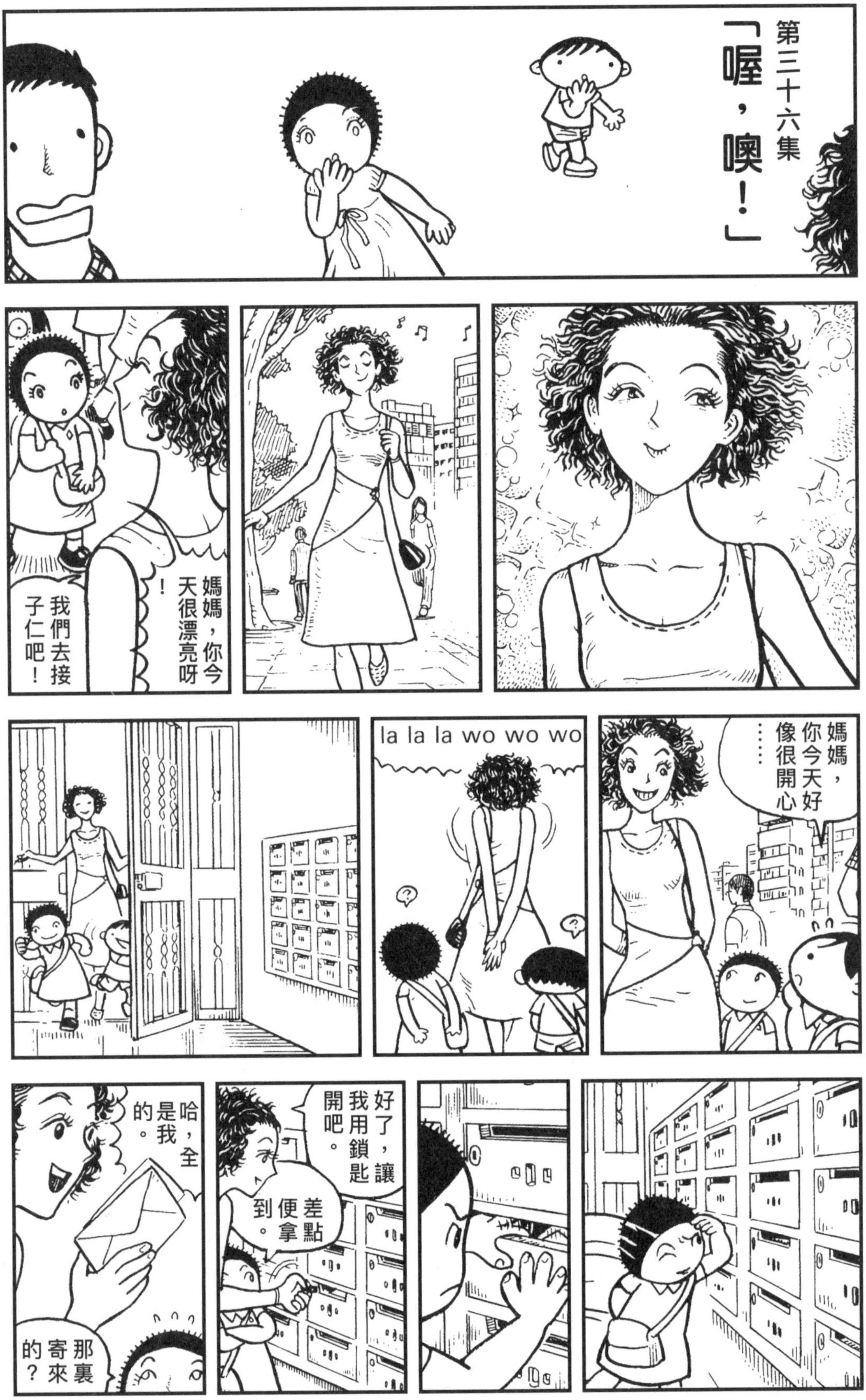

第三十六集
「喔，噢！」
媽媽，你今天很漂亮呀！
我們去接子仁吧！
la la la wo wo wo
媽媽，你今天好像很開心……
哈，全是我的。
那裏寄來的？
好了，讓我用鎖匙開吧。
差點便拿到。

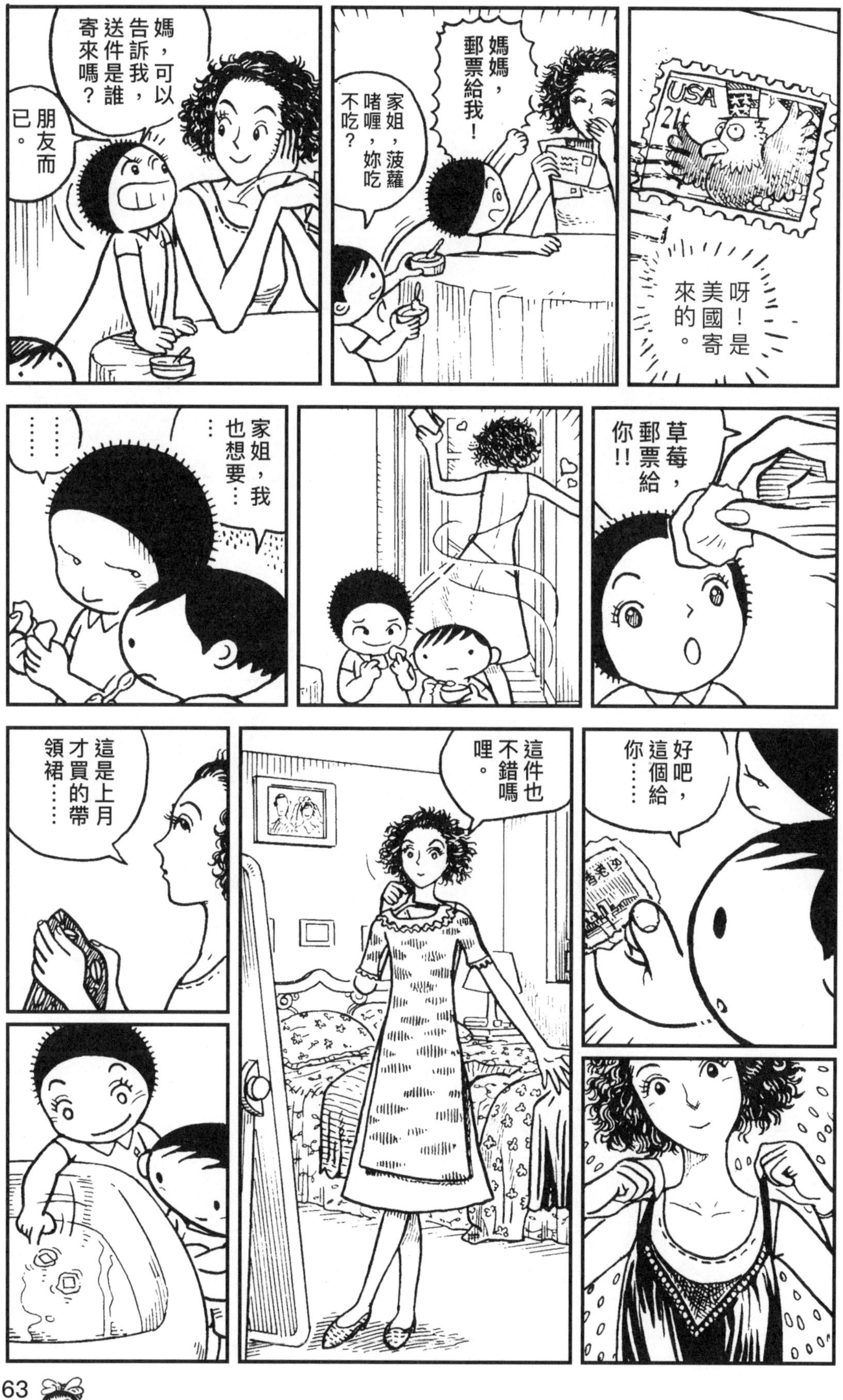
呀！是美國寄來的。
媽媽，郵票給我！
家姐，菠蘿啫喱，妳吃不吃？
媽，可以告訴我，送件是誰寄來嗎？
朋友而已。
草莓，郵票給你!!
家姐，我也想要……
……
好吧，這個給你……
這件也不錯嗎哩。
這是上月才買的帶領裙……

哦，為什麼我的全是香港郵票……？
妳們不快做功課，就沒電視看。
媽，為何妳還不煮飯？
爸爸今晚會帶我們出外吃晚餐，嘿……
嘩！功課做好了!!
已經開始播放了！
他們出場了！
我回來了!!
STAMP
琪，怎麼還不開飯？
不用再裝蒜了……今日……

……唔……是……什麼事……？
……
噢
喔
生日!!
大信銀行 祝你
HAPPY BIRTHDAY
除了銀行，影視會，就連在美國的朋友也記得……而你……
……
都是爸爸不好…這麼重要的事也忘記了……

碰!!
琪……
好了，讓我自己出去慶祝！
媽……
27F
快快……
哼
…

alichitak's work, 1998.6.

第三十七集
獨闖廁所
我喜歡粉紅色…
媽，我有點倦…
唔…那你們在這裏玩，我買完東西後便回來找你們。
好呀！好呀！
我想去購物…
子仁，我想去洗手間。
洗手間!! 我也去!!
你也要去…？
男…
女…

看到嗎？這邊是女孩子的，男孩子在那邊！
哼！
嘻嘻！子仁，你也大個仔了……
男孩子是不能跟女孩子用同一個廁所……
好吧！我自己去吧！
子仁了不起!!能獨自上廁所。
那我們在洗手間門口等!!
女
男
哼！

難道……
因為地面濕滑，子仁不小心滑倒……
……
亦可能廁紙用光了！
或者跌落座廁中……
小弟弟讓我來幫你……
哥哥，我想要梘液。
好呀！
唔該你呀，哥哥！

可否快些……我的手很累……
媽媽教我要注重衛生，去完廁所一定要把手洗乾淨！
哥哥、多謝你……再見、再見！
不用客氣……
……
子仁
哈哈……
唉
嘻……
哈……

子仁…
呀！叔叔，請問你在廁所內見到橢圓形頭的小男孩嗎？
♪
橢圓形頭的？男孩…？
呀！有呀！他正在用吹風機吹乾手…
真的！他是我弟弟。
叔叔，謝謝你！這樣我就放心了!!
哈哈!!家姐，我出來了!!
上洗手間這麼久，媽媽回來了便不好了!!

a lichitak's work, 1998. JUNE!

第三十八集
甲由驚魂
哇——!!
……
喲喲…!!

走走走！
打死你！
打死……
讓我來打扁你!!
在哪裏……
到底躲在哪裏……？
草莓，我們回來了！
媽媽！你們回來真好了!!
媽媽，剛才家裏出現巨型飛甲由……很可怕呀!!
真的很巨……大約有這麼大！
姐姐，不用怕。
好，等媽媽替你捉牠！
巨型甲由，在哪裏？等我用西瓜擲死牠!!
好，擲死牠！

不過…西瓜…還是留來吃好……
看看有什麼電影放映吧！
COCK ROACH SHOW
有個甲由展覽……
甲由呀！
嘩！很可怕！BB口中有甲由呀!!
唔……喔……
令人全身也癢起來。
媽媽，我們買些甲由屋回家好嗎？
好……呀……

五幢全新獨立花園洋房，正!!
牠常在此處出沒！
廚房食物多…牠必定會…
這裏也放一間…
小鳥追着小飛馬…
這邊飛來了一隻飛碟。
已經捉到牠了嗎？
全部也是空空的……

真令人失望，難道甲甴屋沒有用？
喔……
出現了!!
哇
會飛呀!!
……
爸爸，快去打死牠吧!!
我…不想把拖鞋弄污啊…
終於也出現了嗎!!
讓我來!!
!
喝!!

……
?
!
!
這樣就安全了……
我竟然走入了甲由屋!!
呀……我……要走呀……救命呀……
!!
alichitak's work,1998.7.

第三十九集
YO
YO
YO
媽媽明明說是買給我們玩的…
但買回來後你便霸着玩…
笑，妳懂得玩嗎？
媽媽，哥哥他又欺負我呀！
嚼嚼！
吐！
笑，妳怎麼把蔗渣吐在地上？
算起來，我也有20年沒玩過了…還好技術沒有退步！
原叔叔你很厲害！

想當年，搖搖也非常流行！
那麼你有參加Yoyo比賽嗎？
當然有！而且還奪得全港冠軍…
很多小朋友也曾跟我學呢！
不如，我們來鬥一鬥吧！
嗯………
真過分！沒我們的份兒…
哈哈哈哈
!
?
玩搖搖，竟然打中自己的…哈…哈…
兩天後
終於把功課做好了。
la
la

喝!

＊80年代香港有過一段「搖搖」熱潮。
當年「搖搖」不是玩具，而是一種時尚活動。

橫掃千軍
下一位參加者，何力！
哈，了…快輸啦、快些輸啦!!
失手
若果妳哥哥輸掉便好笑了。
對呀!!
做得非常好…這位小朋友必定經常練習…
小朋友，不用心急，再試多次吧。
喂，我的表現如何？
還不…錯…吧…
好了…到了最後一位參加者…
看他！還裝成很有禮貌的樣子…

＊ 90 年代汽水公司每年都會邀請外國的「搖搖大王」來港獻技，在沒有影片的環境下，讓香港市民用雙眼學習不同的搖搖花式。

蜻蜓點水成功了!!
最後的對手，原來是這個呆頭呆腦小胖子，哈！冠軍還不是我的。
這時候，大家的心情都十分緊張……
好呀…做得好!!
哇哇哇，我勝出了!!
比賽結果，第一名何力!!
這小胖子沒失手啊……
我怎會敗於這胖子……
吐!!
真替胖子不值，竟然敗給他。
笑，有個冠軍哥哥很威水吧！哈……

a lichitak's work, 1998.7.

第四十集
趕路
媽媽…趕時間嗎？
是呀，我要趕住銀行跑一趟。
媽媽…我也想去。
沿路經過魚蛋小販……
但妳走得太慢……
……
又愛四處遊覽。
我不會的……
而且，電視也教人不要讓小孩獨留在家中……
……
唉……真沒妳辦法，快些準備吧！
草莓袋。
行了行了……

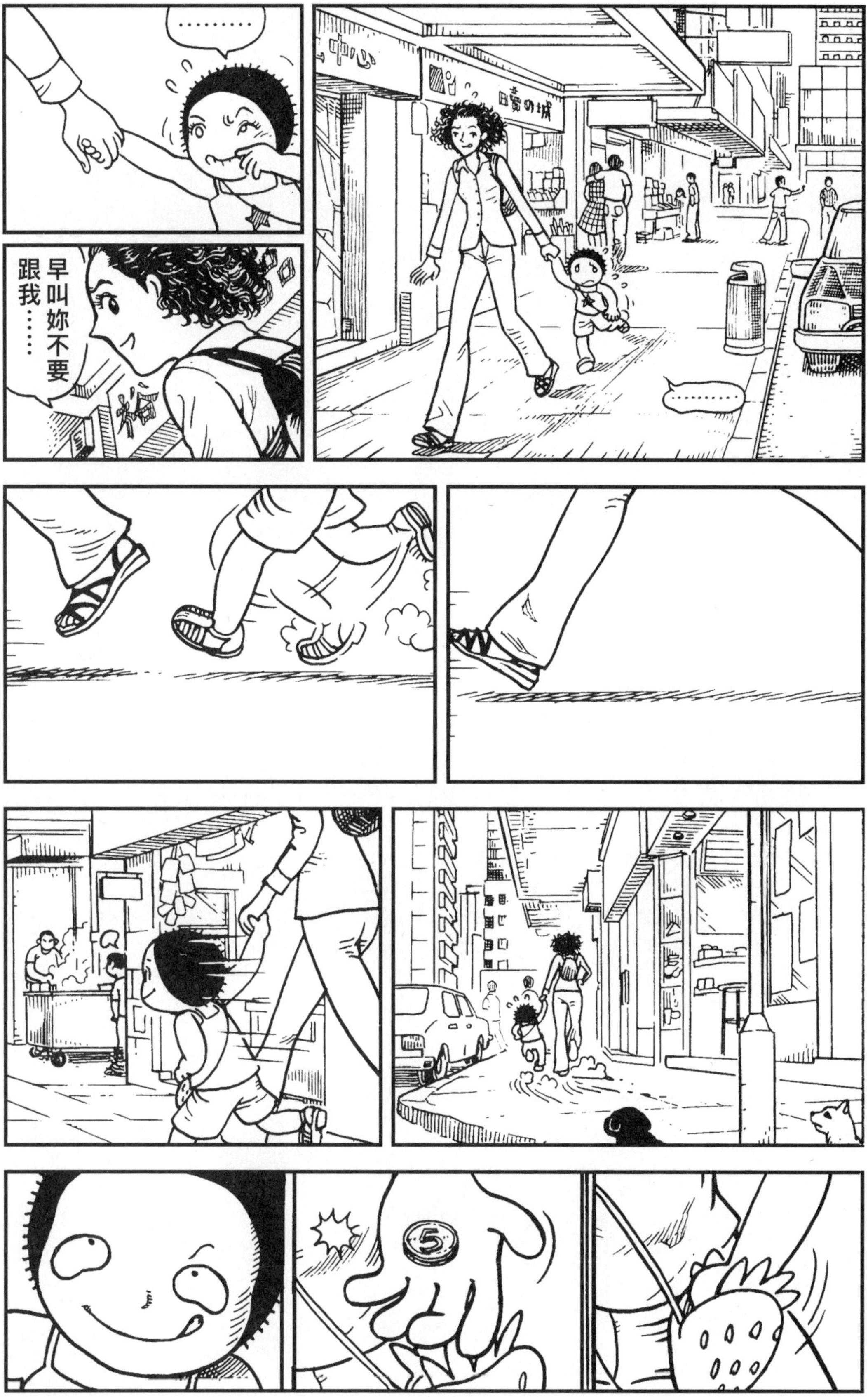
…………
早叫妳不要跟我……
…………

走鬼呀!!

草莓，走快些吧！等去完銀行才買給妳吃。
媽媽萬歲!!
哈！踏妳的影子…
媽媽晚上便會「賴尿」了！
草莓，不要頑皮好嗎？
!?
是!!
喝
嘿

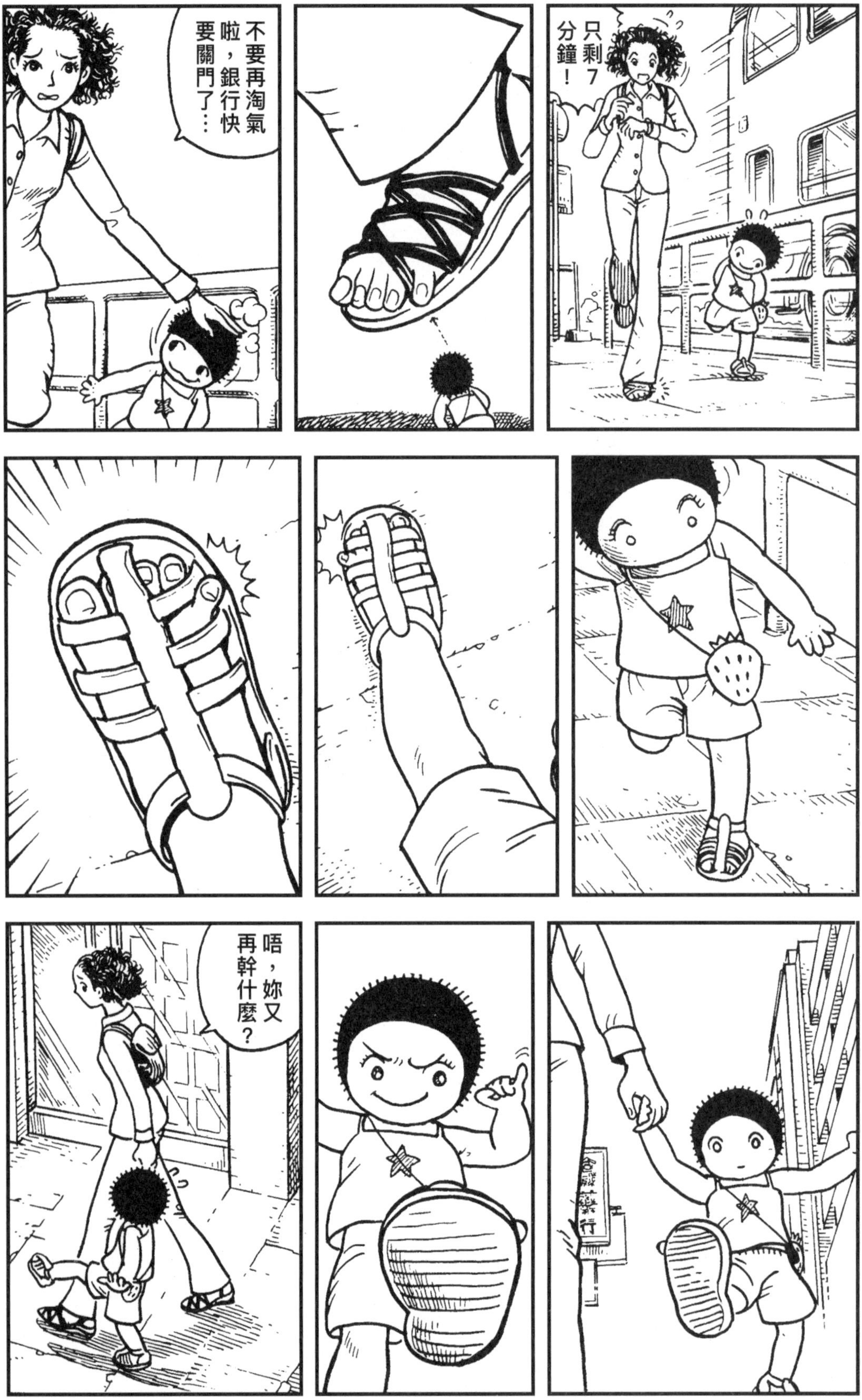
不要再淘氣啦，銀行快要關門了…
只剩7分鐘！
唔，妳又再幹什麼？

a lichitak's work, 1998.8.

第四十一集
籌款
每天也有媽媽弄的美食，真幸福……
草莓，今晚吃釀鯪魚好嗎？
大口笑貓!!
媽媽，又有特價食品推出了！
$9.6
$13
不算很便宜……
只要兩個寶寶提子汁空樽加12元……

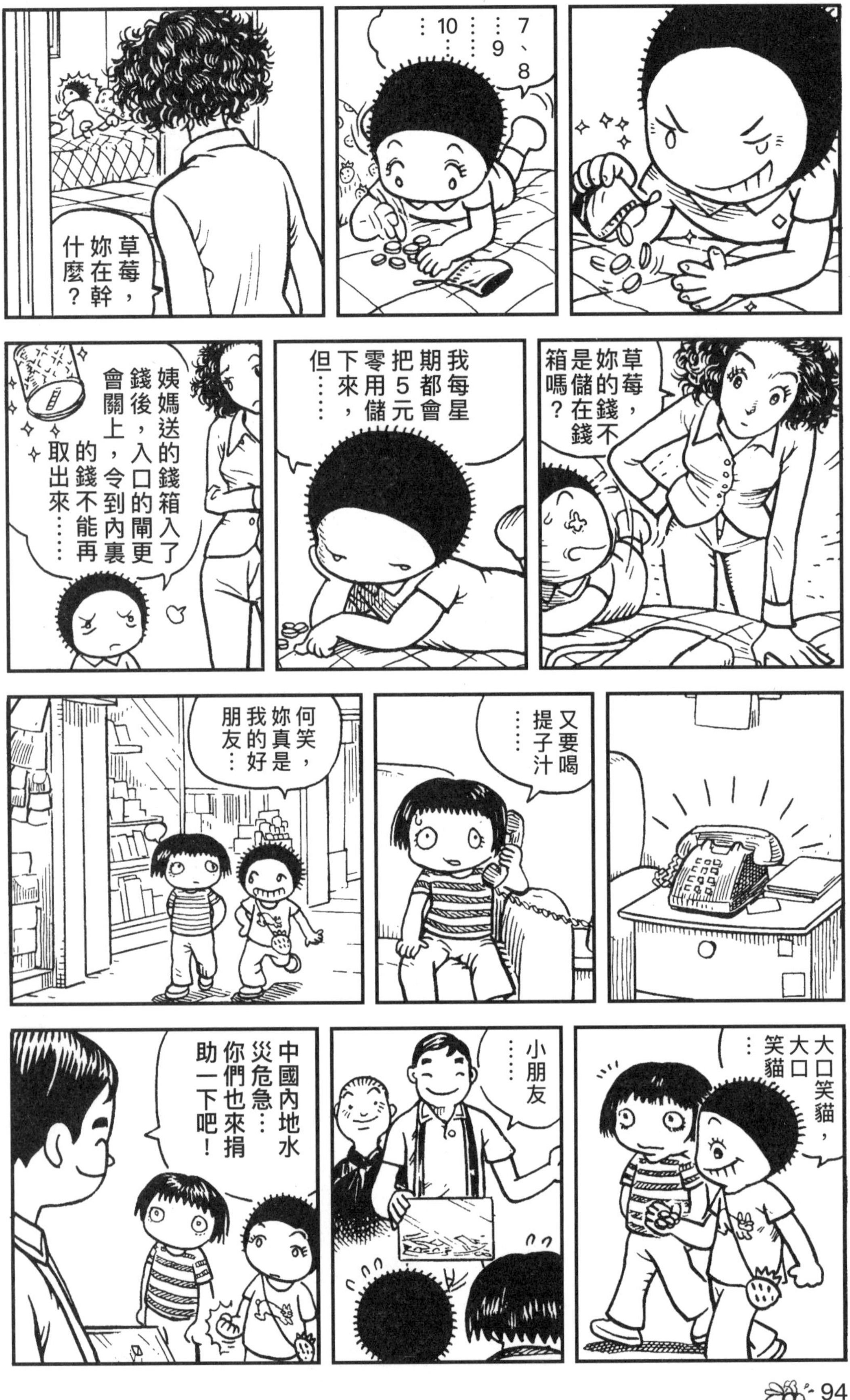
7、8
……9……
……10……
草莓，妳在幹什麼？
草莓，妳的錢不是儲在錢箱嗎？
我每星期都會把5元零用儲下來，但……
姨媽送的錢箱入了錢後，入口的閘更會關上，令到內裏的錢不能再取出來……
又要喝提子汁……
何笑，妳真是我的好朋友……
大口笑貓，大口笑貓……
小朋友……
中國內地水災危急……你們也來捐助一下吧！

身為中國人，我們好應該團結起來……
對不起，我沒帶錢。
媽媽，我捐了20元。乖嗎？
哦！小妹妹，多謝妳支持！
為我們的同胞做點事。
小妹妹，請支持……
當然乖……
這位太太請太太支持內地抗洪……
多謝妳，小妹妹……好心有好報的！

草莓，為什麼不開心？
傻瓜，相反要開心才對嗎嘛!!
兩星期後
怎麼不把頭髮紮起來？
我比較喜歡這樣。
草莓，我可以到妳家玩嗎？
當然可以啦！
何笑！

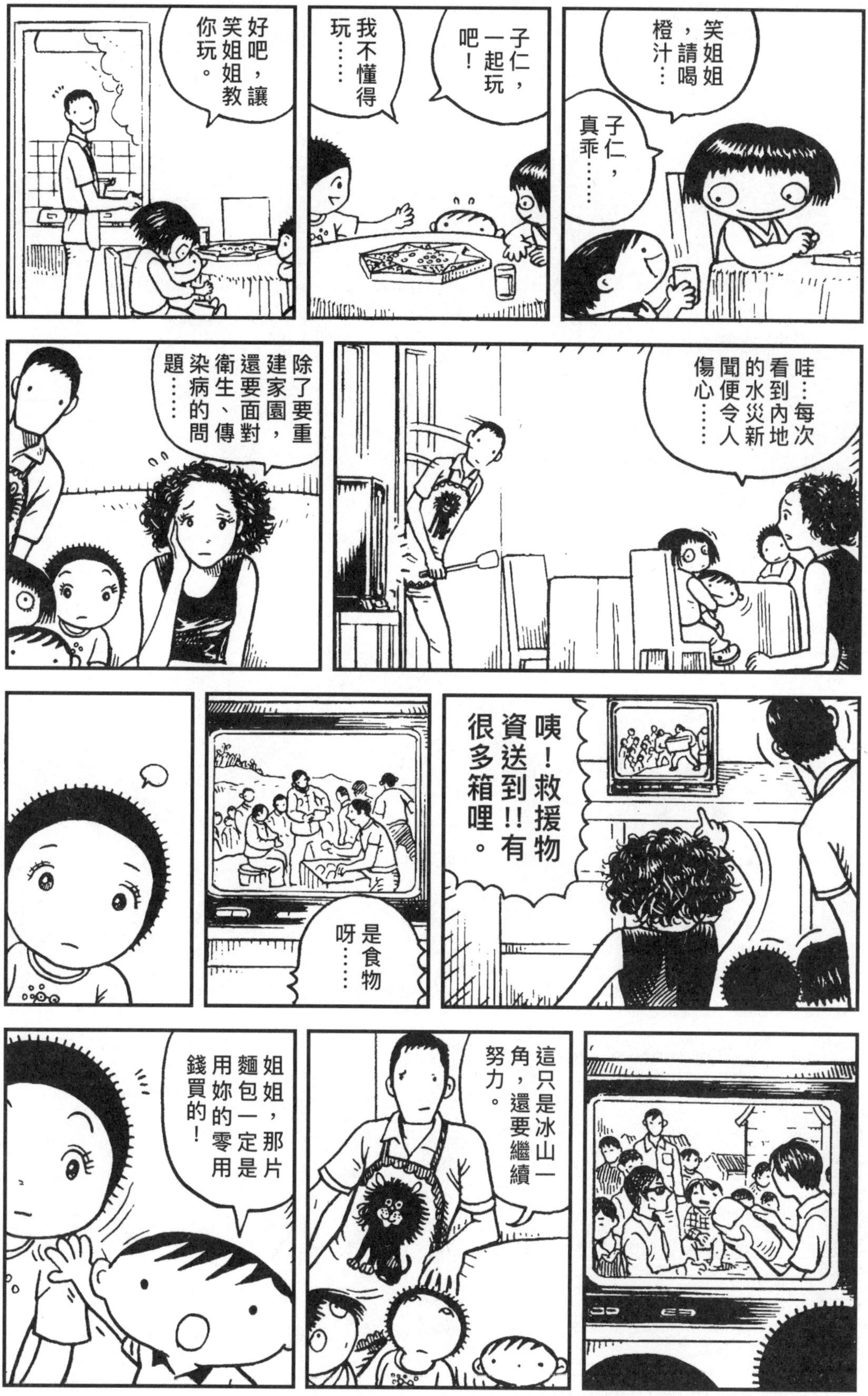
笑姐姐，請喝橙汁……
子仁，真乖……
子仁，一起玩吧！
我不懂得玩……
好吧，讓笑姐姐教你玩。
哇…每次看到內地的水災新聞便令人傷心……
除了要重建家園，還要面對衛生、傳染病的問題……
咦！救援物資送到!!有很多箱哩。
是食物呀……
這只是冰山一角，還要繼續努力。
姐姐，那片麵包一定是用妳的零用錢買的！

好嘢好嘢，他們有麵包吃呀！
看他們吃得多開心……
草莓真棒，我也要少喝蔗汁把錢捐出……
a'ichi taka's work. 1998.8.

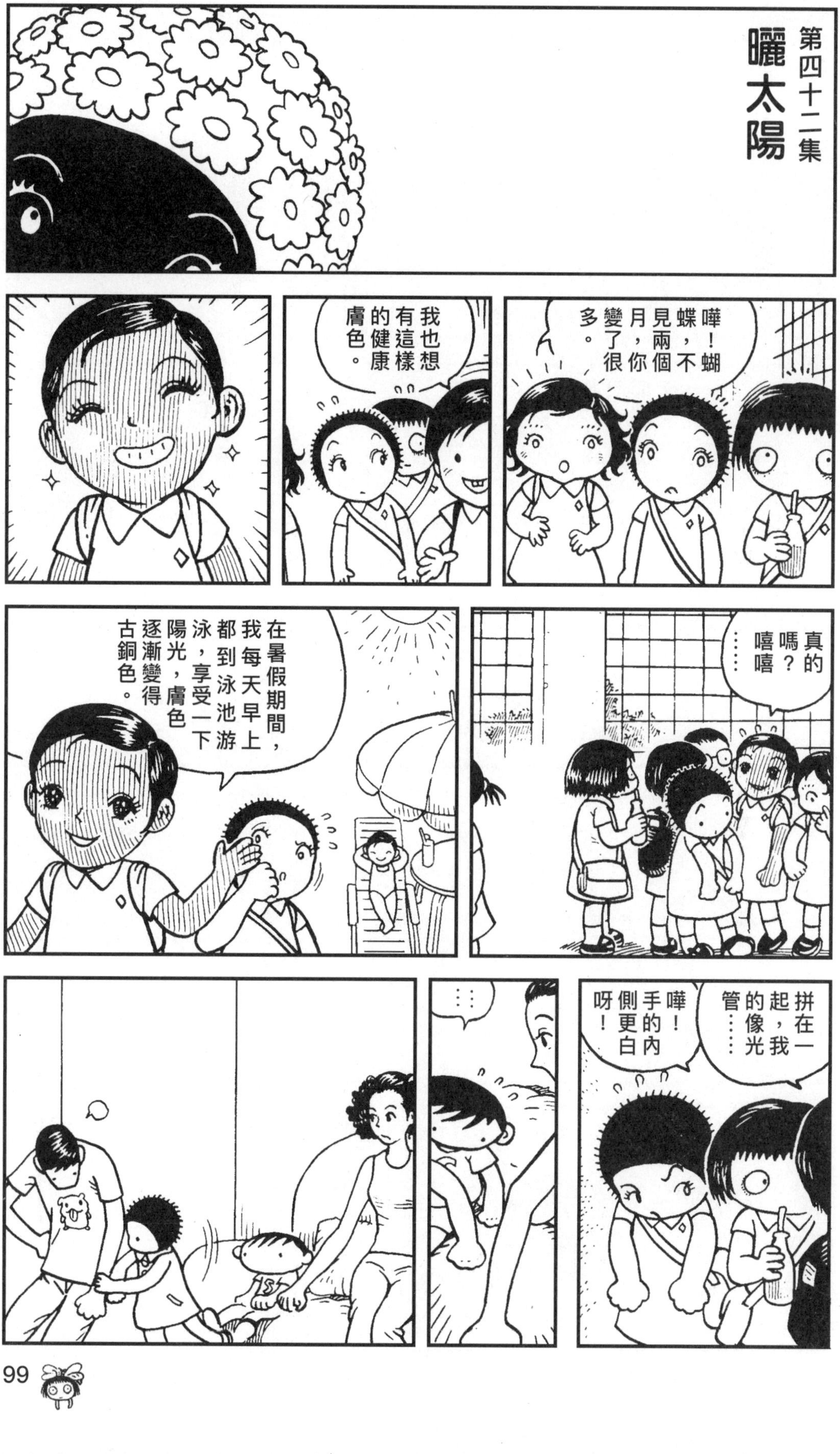
第四十二集
曬太陽
嘩！蝴蝶不見個兩月，你變了很多。
我也想有這樣健康的膚色。
真的嗎？嘻嘻……
在暑假期間，我每天早上都到泳池游泳，享受一下陽光，膚色逐漸變得古銅色。
拼在一起，像光管……
嘩！手內側的更白呀！
……

現在古銅色皮膚已不再流行了。
不流行也不要緊喔哦！
我想星期天到海灘玩兼曬日光浴!!
我媽媽，好嗎？我們很久也沒到海灘，就去一次吧……
眞沒有妳辦法……
喂，何笑，！
星期天我們一起往海灘玩耍！
我們也來曬太陽。
←背泳
水桶
沙灘
魚網
翌日
何笑，早晨!!
哈哈

原太，麻煩妳代為照顧阿笑了。
笑，陽光很猛烈，記謹戴帽子！
阿差點忘記了！
草莓，妳不熱嗎？

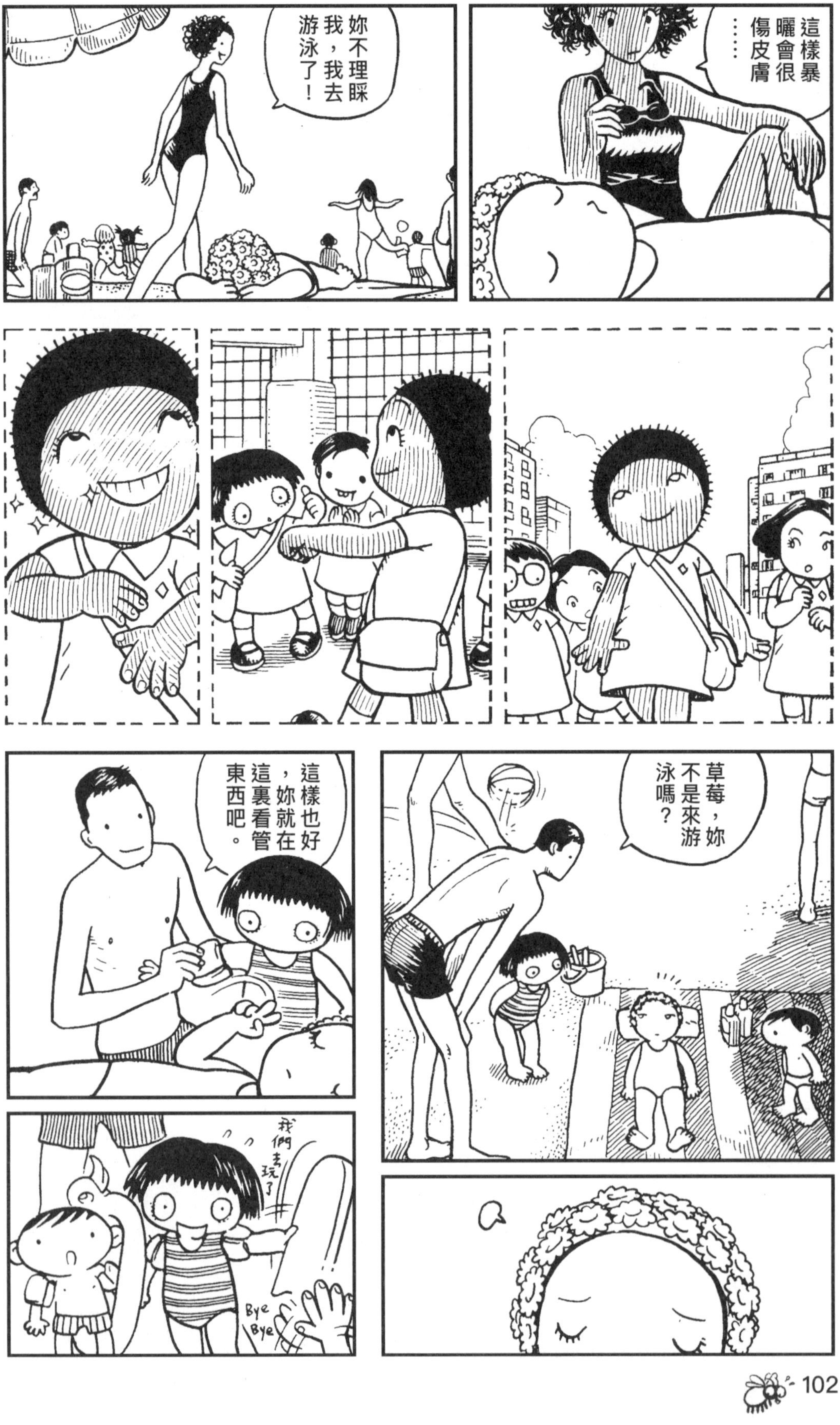
妳不理睬我，我去游泳了！
這樣暴曬會很傷皮膚……
草莓，妳不是來游泳嗎？
這樣也好，妳就在這裏看管東西吧。
我們去玩了
Bye Bye

咴嘲⋯⋯
救命呀⋯⋯
很痛呀⋯⋯
???
姐，洗手吃飯啦！

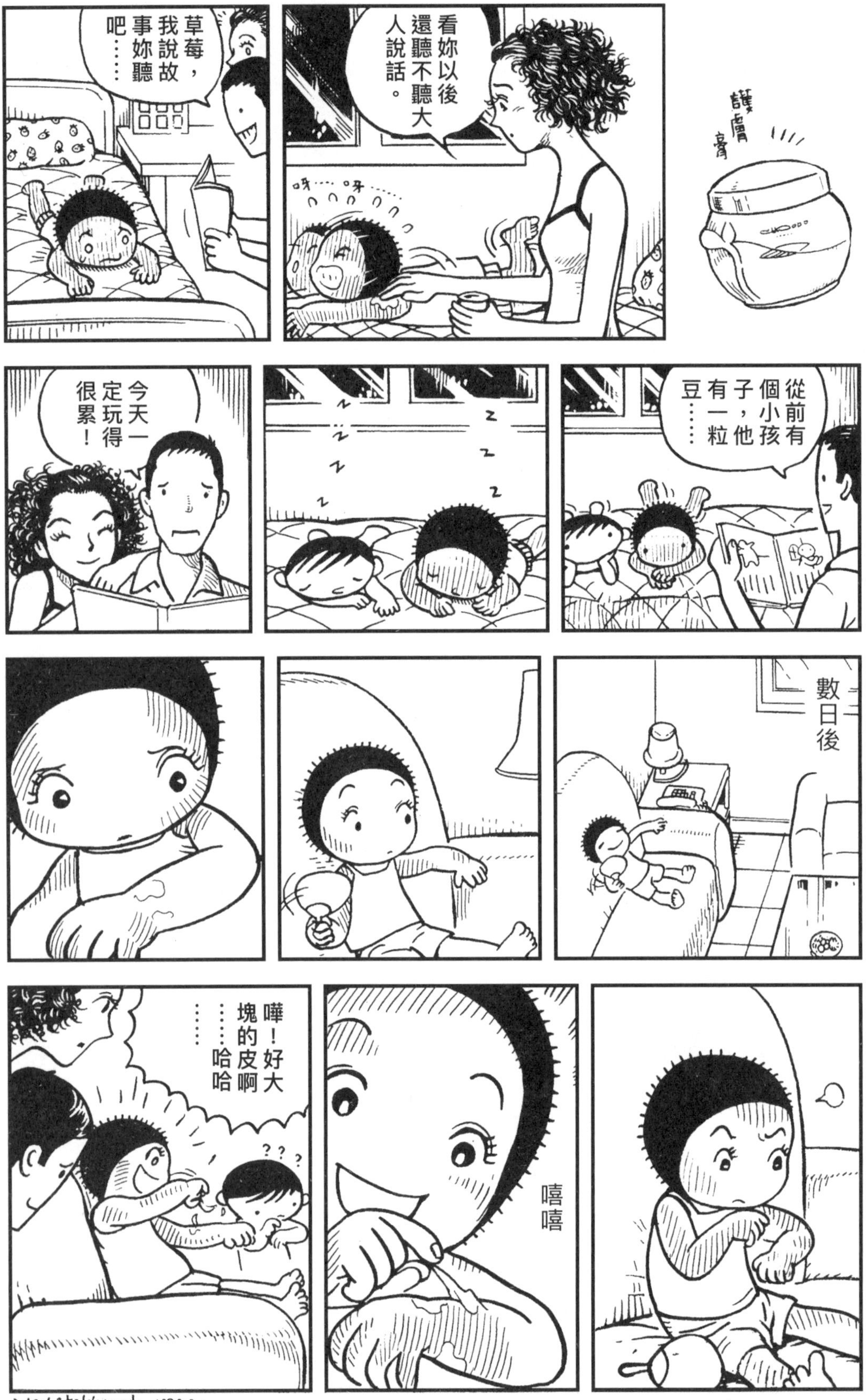

a lichitak's work, 1998.9!

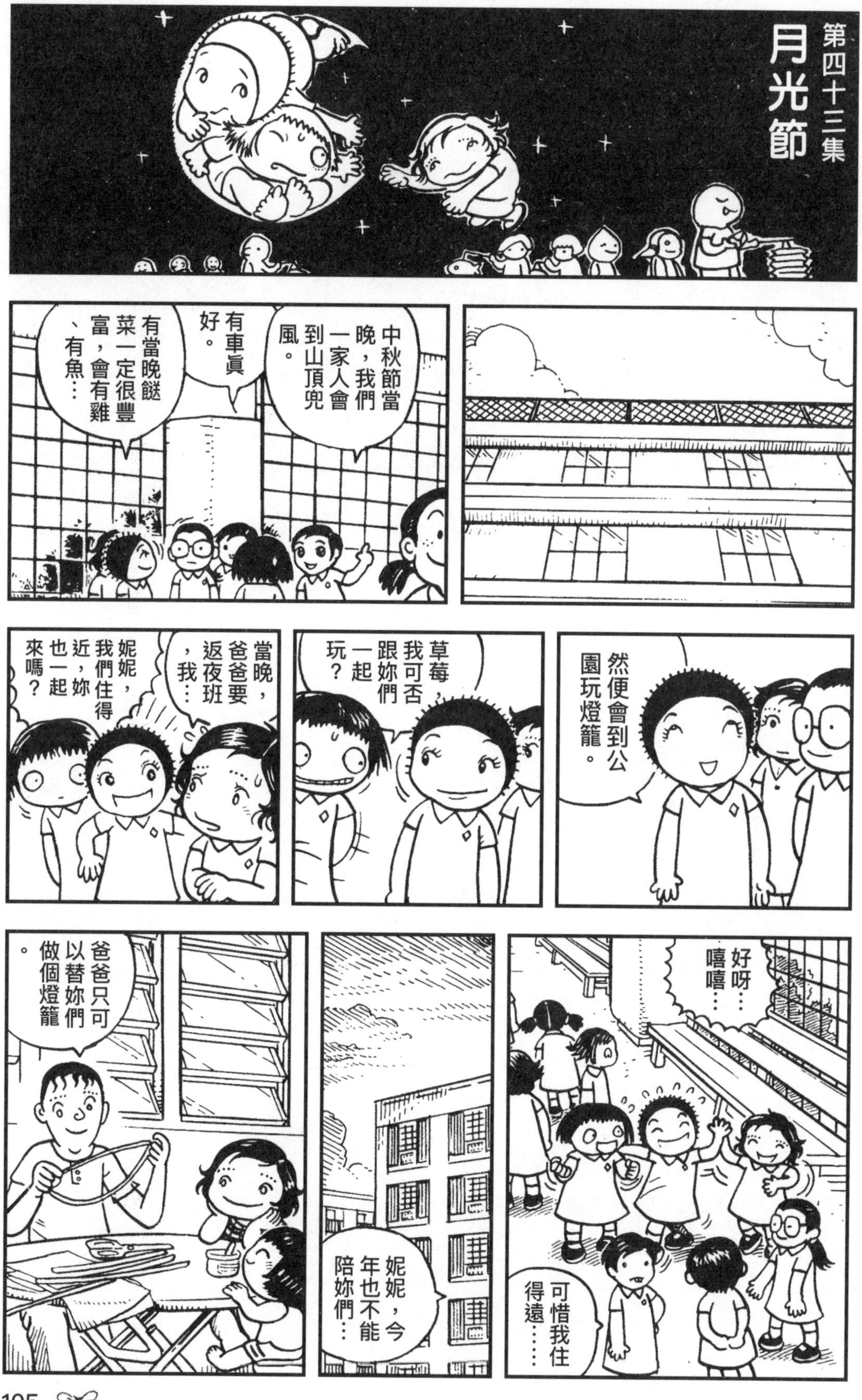
第四十三集
月光節
中秋節當晚，我們一家人會到山頂兜風。
有車真好。
有當晚餸菜一定很豐富，會有雞、有魚…
然便會到公園玩燈籠。
草莓，我可否跟妳們一起玩？
當晚，爸爸要返夜班，我…
妮妮，我們住得近，妳也一起來嗎？
好呀…嘻嘻…
可惜我住得遠……
妮妮，今年也不能陪妳們…
爸爸只可以替妳們做個燈籠。

爸爸親手做的燈籠獨一無二，我最喜歡！
爸爸，漿糊。
唔該！
零零，小心竹枝會弄痛手！
爸爸好厲害！
好漂亮呀！
妮妮，妳想燈籠用什麼顏色？
橙色！
唔……但紅色也不錯。
記着要帶……
草莓，對不起！我不能跟妳們一起玩。

妹妹病倒了，我要照顧她。
喔……真可惜……
希望她可以快些痊愈。
琪，妳們出發吧！這些讓我來收拾。
嗎，不是說好要一起去嗎？
婆婆不去，妮妮也說不去，我不要這樣。
草莓乖，回來時婆婆煮紅豆沙給妳吃。
好吧！
何笑，出發啦!!
你也來……!!
何笑，妳的燈籠好可愛！

我用的是電燈籠。
而且還是點蠟燭的！
所以很怕著火……
爸爸老，媽媽不老，嘻嘻。
但爸爸媽媽也是用蠟燭的……
二十多年前，這款式曾經很流行。
我的倒沒有那麼古老，比爸爸的新款。
這不是妮妮住的屋邨？
是呀！
嘻哈……
哇哇……
爸爸，快些換電……

跟定定看著我想怎樣？
走這邊吧！
不，這邊比較好些……
好大隻熊呀！
又轉回到妮妮的家啊!!
妮妮!!
草莓，何笑！妳們來探我眞好!!

alichitak's work, 1998.9.

第四十四集 生日蛋糕

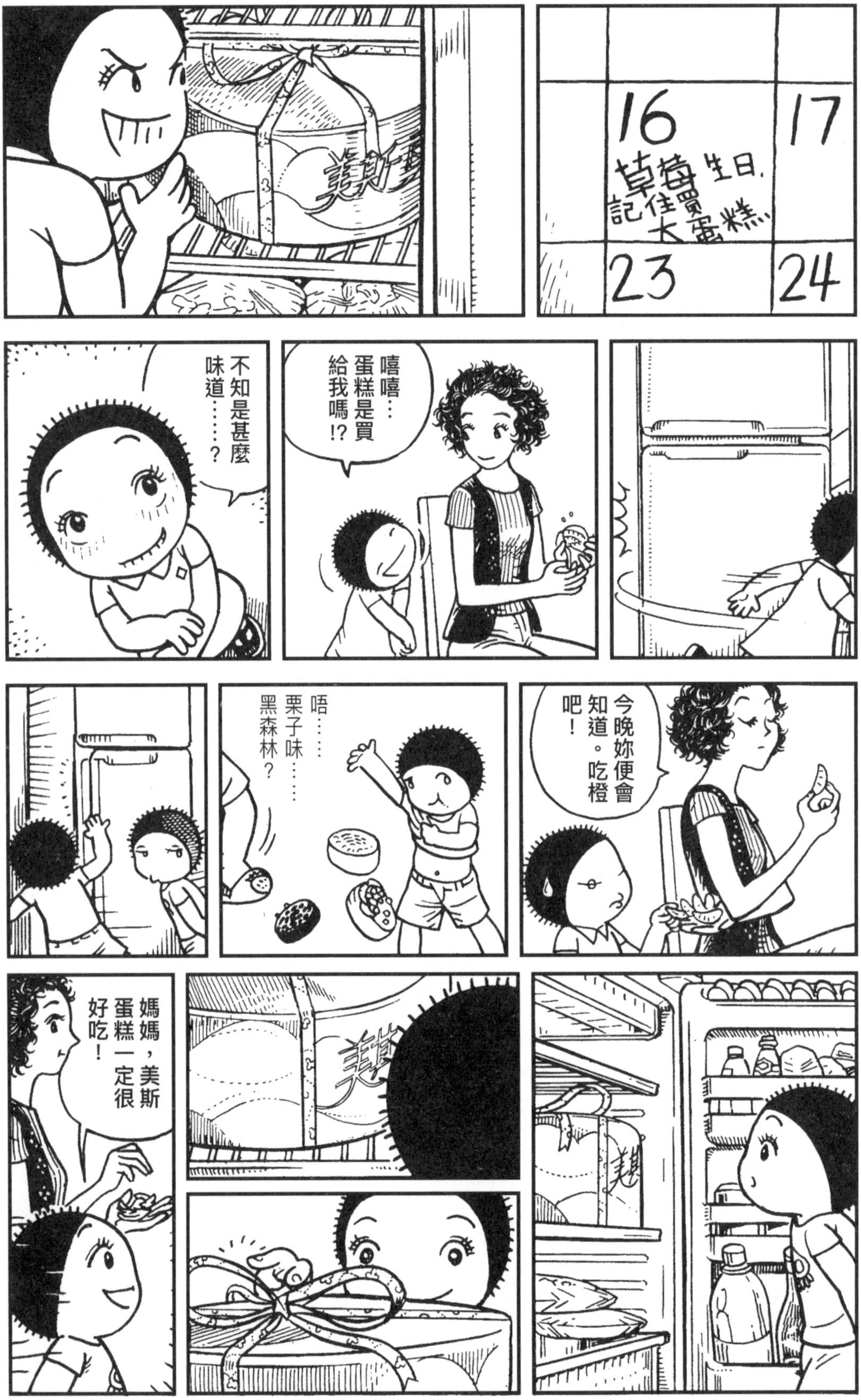
16
17
草莓生日，
記住買
大蛋糕。
23
24
嘻嘻⋯⋯蛋糕是買給我嗎!?
不知是甚麼味道⋯⋯？
今晚妳便會知道。吃橙吧！
唔⋯⋯栗子味⋯⋯黑森林？
媽媽，美斯蛋糕一定很好吃！

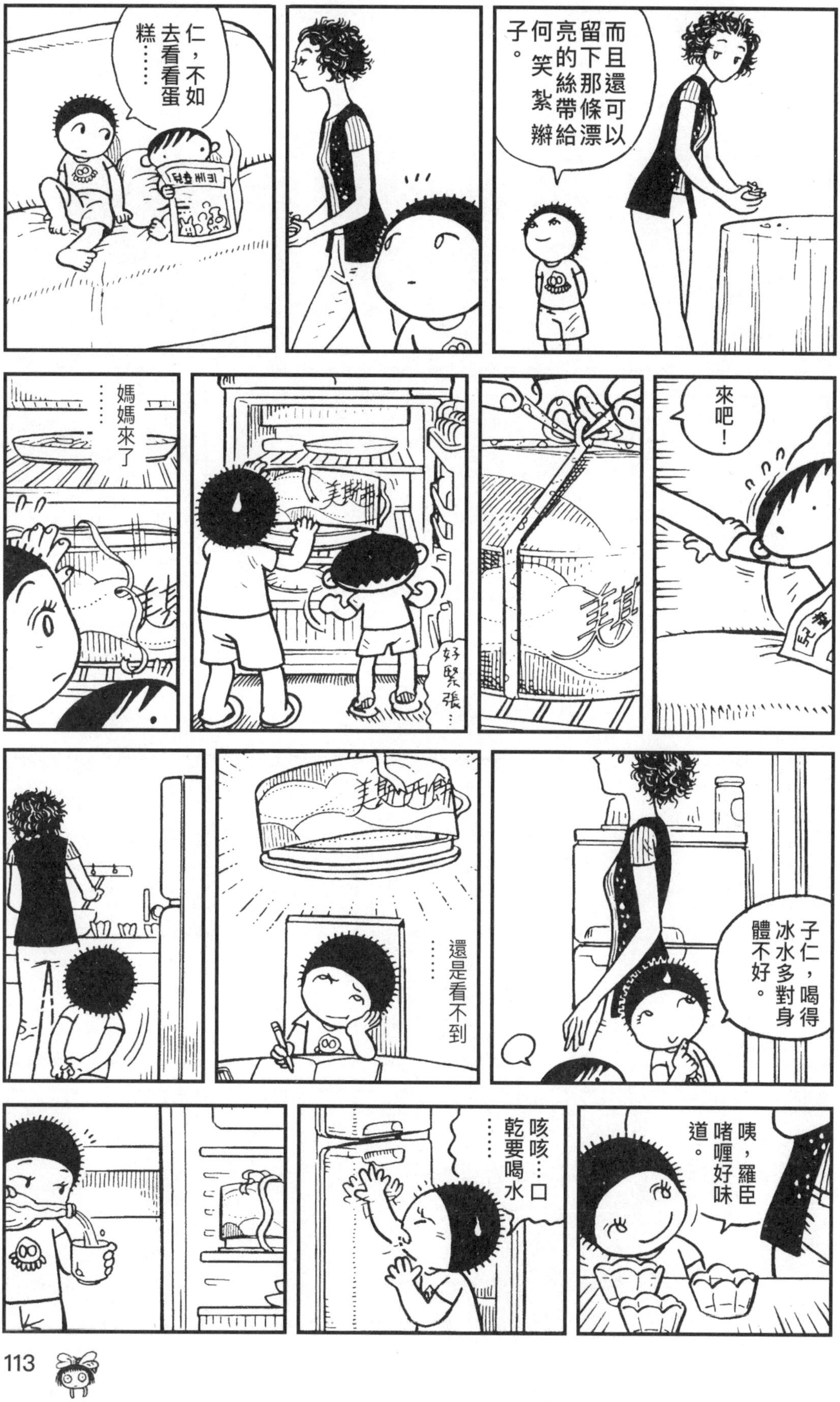
仁，不如去看看蛋糕……
而且還可以留下那條漂亮的絲帶給何笑紮辮子。
媽媽來了……
好緊張……
來吧！
還是看不到……
子仁，喝得冰水多對身體不好。
咳咳…口乾要喝水……
咦，羅臣啫喱好味道。

嘩！是草莓蛋糕!!
西餅
子玫
生日快樂
嘻嘻……哈哈……
草莓！
婆婆！
叮噹……
姐姐，妳為何對著功課笑？
一定很好吃！
子玫
快些跟我來！

好味道！
草莓，拿少少好了。
爸爸回來喇！
爸爸！
妳一定偷看過了！
而且還偷吃了些!!
嘻嘻……

我們快些收拾碗筷，切蛋糕!!
美
子玫
生日快樂
好呀好呀！
原姨姨，我們來吃蛋糕！
其實…啫喱水…好甜…好好飲…
嘔
咦！蛋糕好像不太完整……
草莓，妳看啫喱還未凝固，都是因為妳不斷開雪櫃！

a lichitak's work, 1998.9.

第四十五集
停電
⿰口雪…很燙手呀……
媽媽，這是甚麼湯？
讓我嗅嗅看……
停電呀!!
不用怕！妳們先坐着，不要亂動!!
怎麼會突然停電!?
沒有電，怎看電視呀……
啊！找到了!!
嘩~~!!

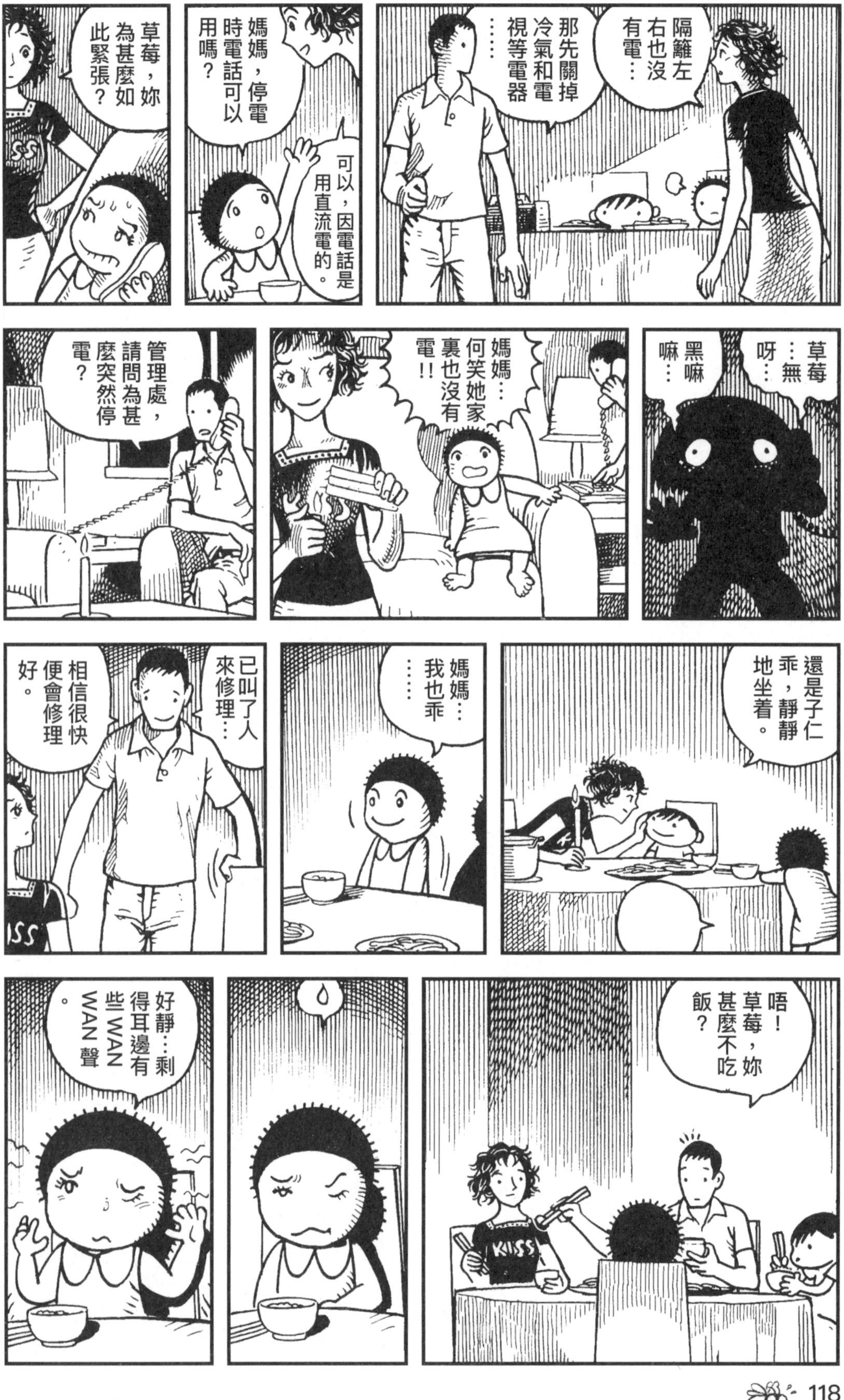
隔籬左右也沒有電…
那先關掉冷氣和電視等電器……
媽媽，停電時電話可以用嗎？
可以，因電話是用直流電的。
草莓，妳為甚麼如此緊張？
草莓…無呀…
黑嘛嘛…
媽媽…何笑她家裏也沒有電!!
管理處，請問為甚麼突然停電？
還是子仁乖，靜靜地坐着。
媽媽…我也乖……
已叫了人來修理…
相信很快便會修理好。
唔！草莓，妳甚麼不吃飯？
好靜…剩得耳邊有些WAN WAN聲。

這是因為所有電器用品也用不到，格愛寧靜所致！
不用怕，很快便會習慣。
唔！媽媽，今晚的是不是羅宋湯？
猜對了!!
道理很簡單，因為沒其他東西影響，所以精神更易集中！
唔…橙味洗頭水。
媽媽一向也是用橙味的洗頭水……
呀！雪櫃內的雪糕……
但我們沒有理由先吃完雪糕，才吃飯!?
我想……
看！已經開始溶解了!!

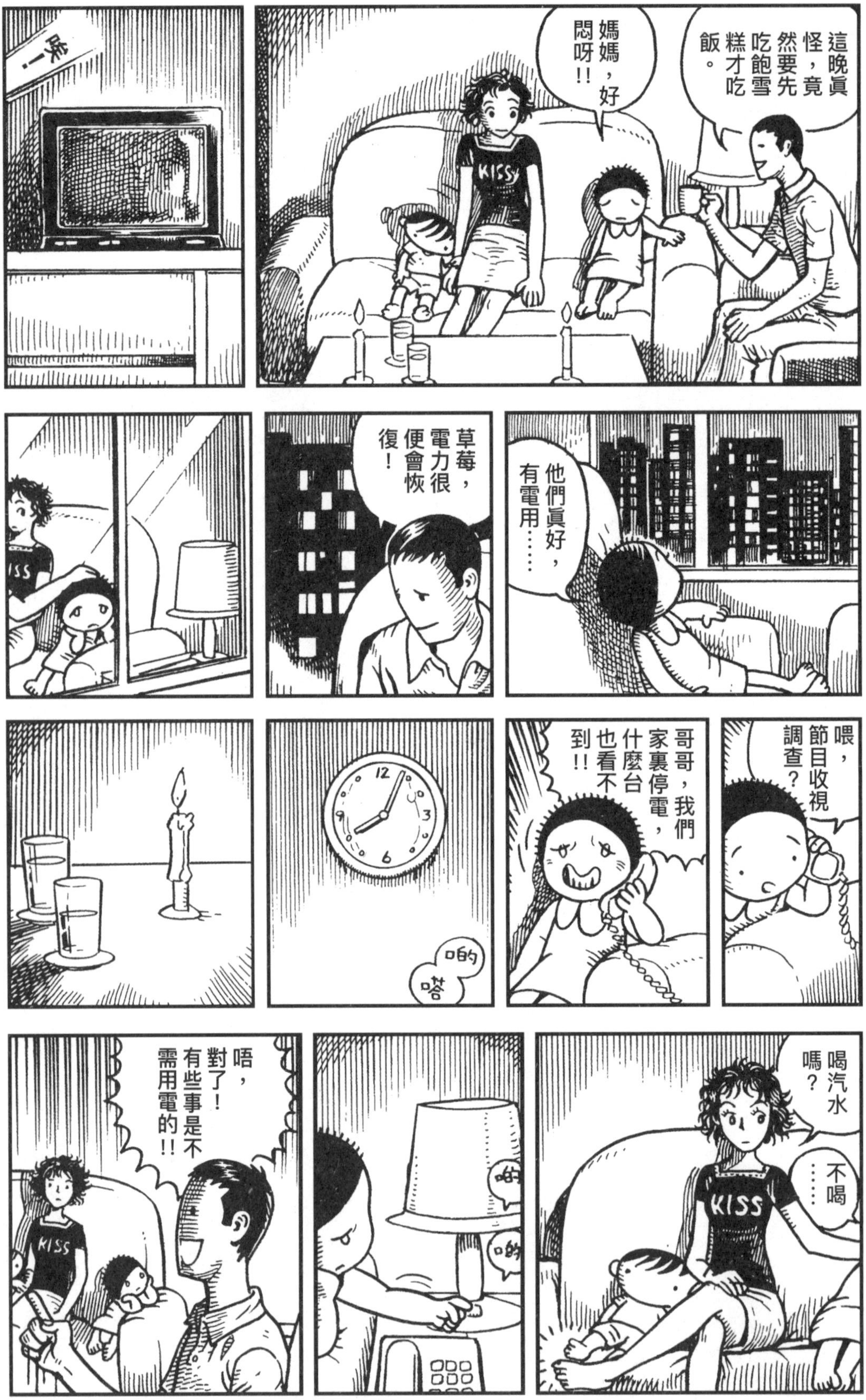

媽媽，好悶呀!!
這晚真怪，竟然要先吃飽雪糕才吃飯。
草莓，電力很便會恢復！
他們真好，有電用……
啲嗒
哥哥，我們家裏停電，什麼台也看不到!!
喂，節目收視調查？
唔，對了！有些事是不需用電的!!
喝汽水嗎？
……不喝

草莓，我們來比賽吧！
好，來比賽吧!!
快啲!!
機械人加油!!
車胎人第一!!
爸爸的機械人最慢……
草莓，猜猜這是甚麼？
爸爸，是不是這樣？
這個呢？
狗
蝴蝶!!

alichitak's WORK,1998.9.

第四十六集
傷風藥
冷冷的早上
呵呵
似乎涼了很多……
已經秋天了……
現在時間上午七時十五分……
氣溫十五度。
乞嗤!!
嗦
天氣涼了，要多穿衣……
乞嗤!!
嘻嘻……我沒事了……
眞的？快吃早餐吧。

小息
丁美美是豆怪!!
讓我數一數妳面上有多少粒豆皮……
不要跑……
都說這些是雀斑!!
讓我數一數吧!!
哎唷!!
看你的鼻涕弄到我的衣袖上了!!
對不起……

嗦
控制不了鼻水……
嘩~~!!
子仁同學，多謝你。
嘩！是鼻涕波！好恐佈呀!!快走!!
放學了
由這天開始，子仁已成為美美心目中的英雄……
嗦
幸好有你替我趕走他們。
拜拜
子仁同學，再見！
想不到是我來接你哩！
爸爸!!

她是誰？
丁美美同學……
小息時……她的被人笑……
鼻涕波又來了!!
恩恩幼稚園
子仁同學你好！
你還在流鼻涕呢！
我在家中取了些藥給你。
收乾鼻水、通鼻塞。
哦……
希望你快些痊愈。
嗦
放學後……

乞嗤！
哦，子仁!!一定是你傳染我!!
?
姐姐，美美同學給了我傷風藥。
一人一粒……
下午茶時間，你們想吃甚麼點心？
燒賣!!
好味道！

a lichitak's work.1998.10.

第四十七集
臭！臭！臭！
爸爸，幹甚麼走這條路？
爸爸小時候就是在這裏長大……
以前這裏只是個大石坡……
還有很多小販賣零食。
爸爸是老人家，老是在懷舊。
已十多年了，這明渠仍然還在！
好臭
唔…
快走
現在才可以鬆口氣……
草莓，妳真誇張……

給我兩個燴番薯。
好香!!
你們想吃一點嗎?
我想!!
好味道……
甜甜……
還有兩條街便到。
爸爸,還有多遠才到媽媽光顧的美容院?
感覺有點飽……
臭豆腐!!
爸爸……你想買……?
爸爸…你真…的要…吃…!?
爸爸,你說污水渠還是臭豆腐比較臭腐?

群記士多
群記士多
唔…一點也不臭。
爸爸，你很久沒吃東西嗎？
怎麼了？
一定是買了新的護膚品!!
回家吧!!
FIONA BEA
嘻，看看我有甚麼不同？
$150
爸爸，升降機到了!!
麻煩等一等……
1－17
18－31
媽媽，很漂亮啊!!

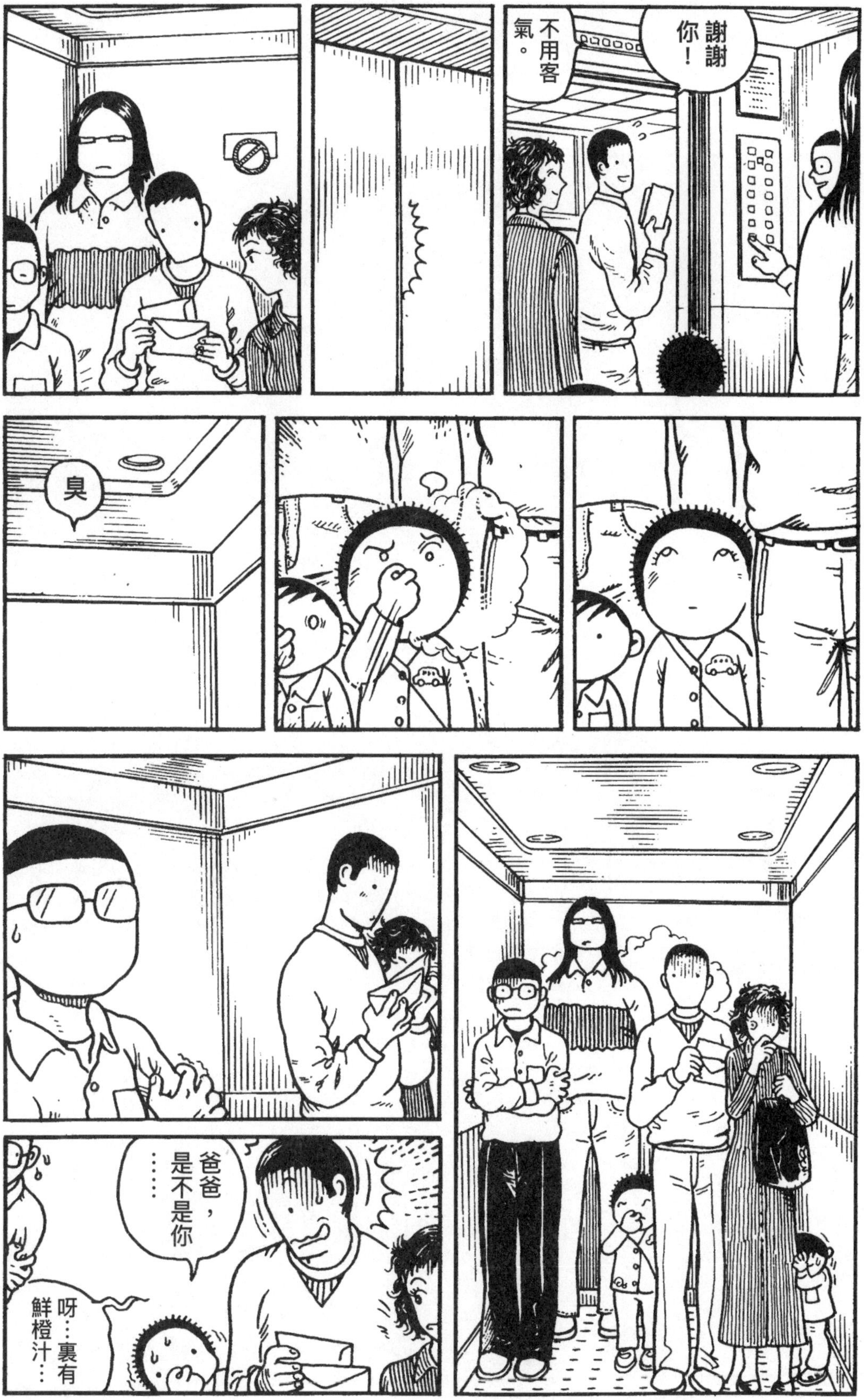
謝謝你！
不用客氣。
臭
爸爸，是不是你……
呀…裏有鮮橙汁…

怎麼今天電梯這麼慢?
甚麼橙汁呀…!?
嘩!仍然很臭!!閉氣閉氣……
……
還在十八樓!!這升降機實在行得太慢。
難道是背後的巨人放屁!?
!
叮!
24
25
20
21
22
吓!
走了一個……

alichitak's work, 1998.11.

第四十八集
聖誕禮物
老師，讓我幫你拿好！
原子玫同學，為甚麼咪咪笑？
嗄……沒甚麼……
想起假期便開心嗎？
教員室
MERRY CHRISTMAS
嘩，有很多禮物呀……

下次我也要進去看看。
聖誕老人真好！
給我送上充滿喜悅的禮物。
HO HO HO
hello!
草莓，妳想收到甚麼的禮物？
這……我還沒想過哩。
我想過了我希望收到一棵真的聖誕樹。
現在家裏的只是塑膠製品。
不過這樣很不環保呢。……
但真樹漂亮很多……
唔！我要一個充滿美妙音樂的聖誕……
要小鹿給我伴奏……嘻嘻……

還要小天使在屋外唱歌……
我也要替妮妮伴奏！
我要一張特製的檯。
是要用糖果砌成，可以一邊做功課，一邊吃糖果……
不怕蛀牙嗎？
哈哈…糖果檯…
每天也架着眼鏡很不方便。
我希望收到隱形眼鏡！
?
何笑！
……
我想要一部搾蔗汁機。
那我就可以隨時隨地有蔗汁飲……
但我怕認不到妳的樣子……

草莓妳想要什麼？
哈……蔗汁妹……
怎麼呀…妳到底想要甚麼？
HO HO HO
但會不會變成很巨大的……
非常柔軟，可以隨風飄揚……
我要一把清秀的長髮…

其實，聖誕節無論收到甚麼禮物，也好啊！
是呀！看見肥肥的聖誕老人便開心了！
媽媽，你看！
嘩！今晚有銀鱈魚吃！
HO HO HO HO
我喜歡聖誕節，媽媽妳呢？
好大好漂亮呀！
呀，聖誕老人原來是個瘦哥哥。

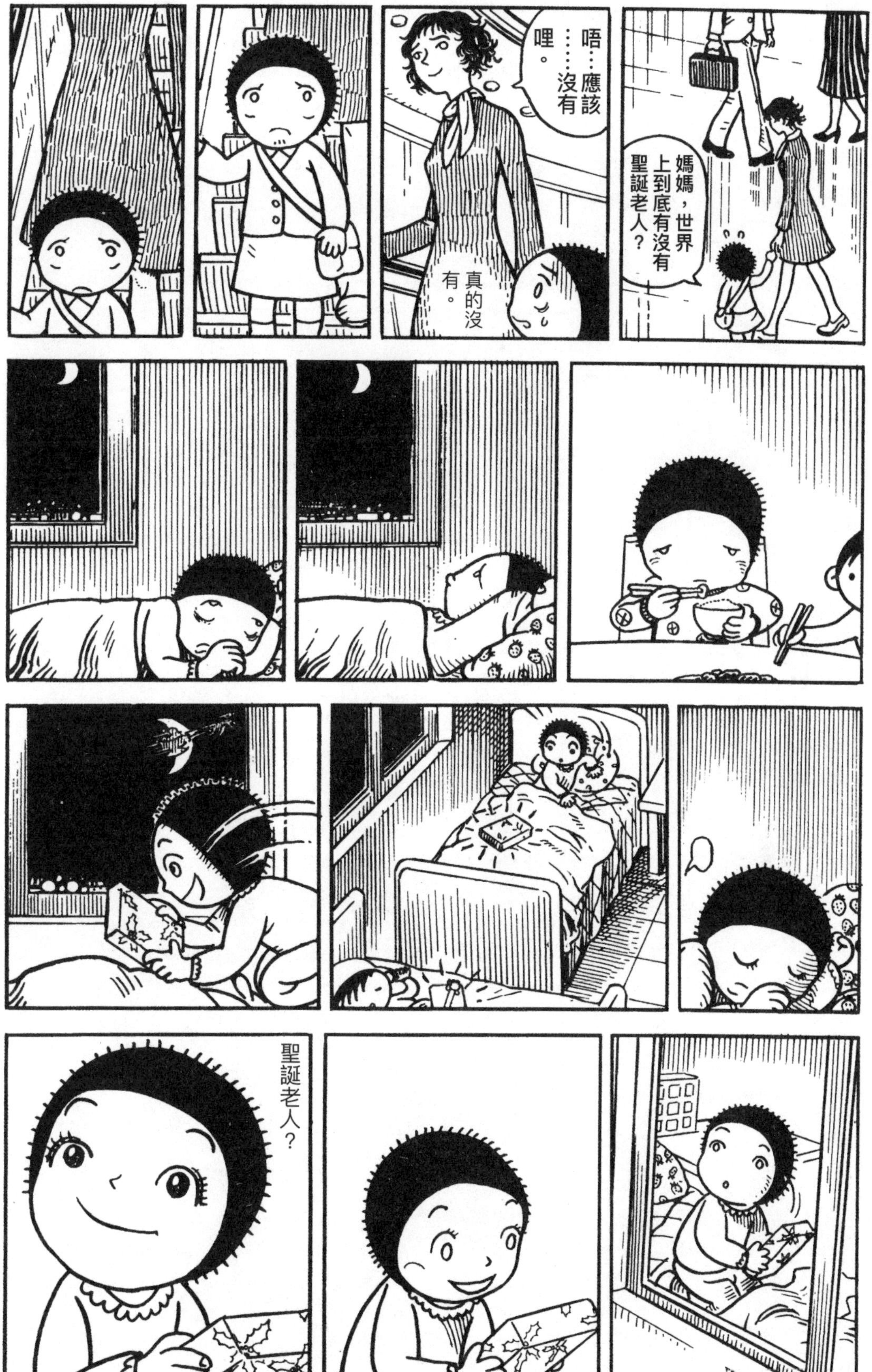

alichitak's work, 1998.11

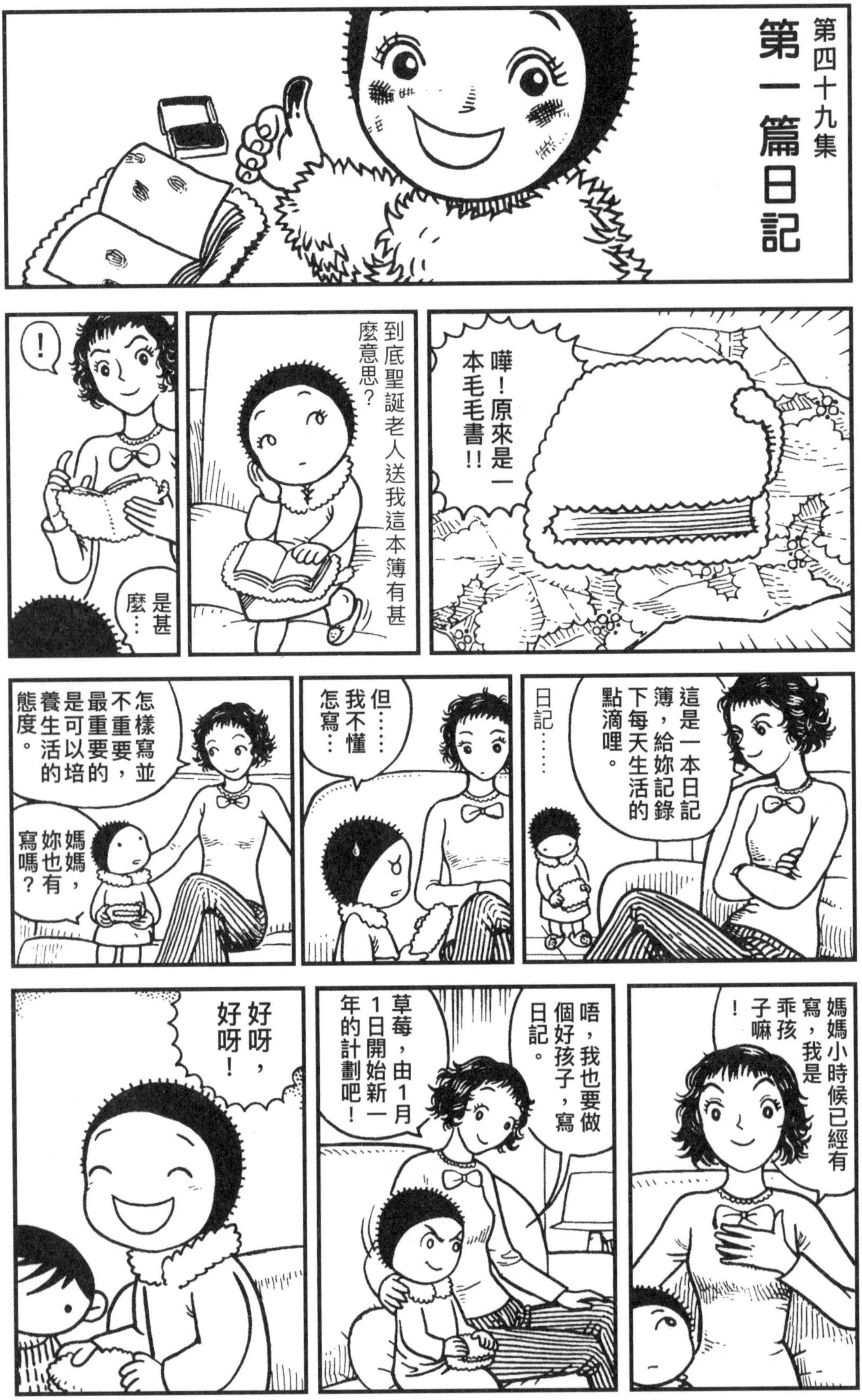
第四十九集
第一篇日記
哇！原來是一本毛毛書!!
到底聖誕老人送我這本簿有甚麼意思？
!
是甚麼……
這是一本日記簿，給妳記錄下每天生活的點滴哩。
日記……
但……我不懂怎寫……
怎樣寫並不重要，最重要的是可以培養生活的態度。
媽媽，妳也有寫嗎？
媽媽小時候已經有寫，我是乖孩子嘛！
唔，我也要做個好孩子，寫日記。
草莓，由1月1日開始新一年的計劃吧！
好呀，好呀！

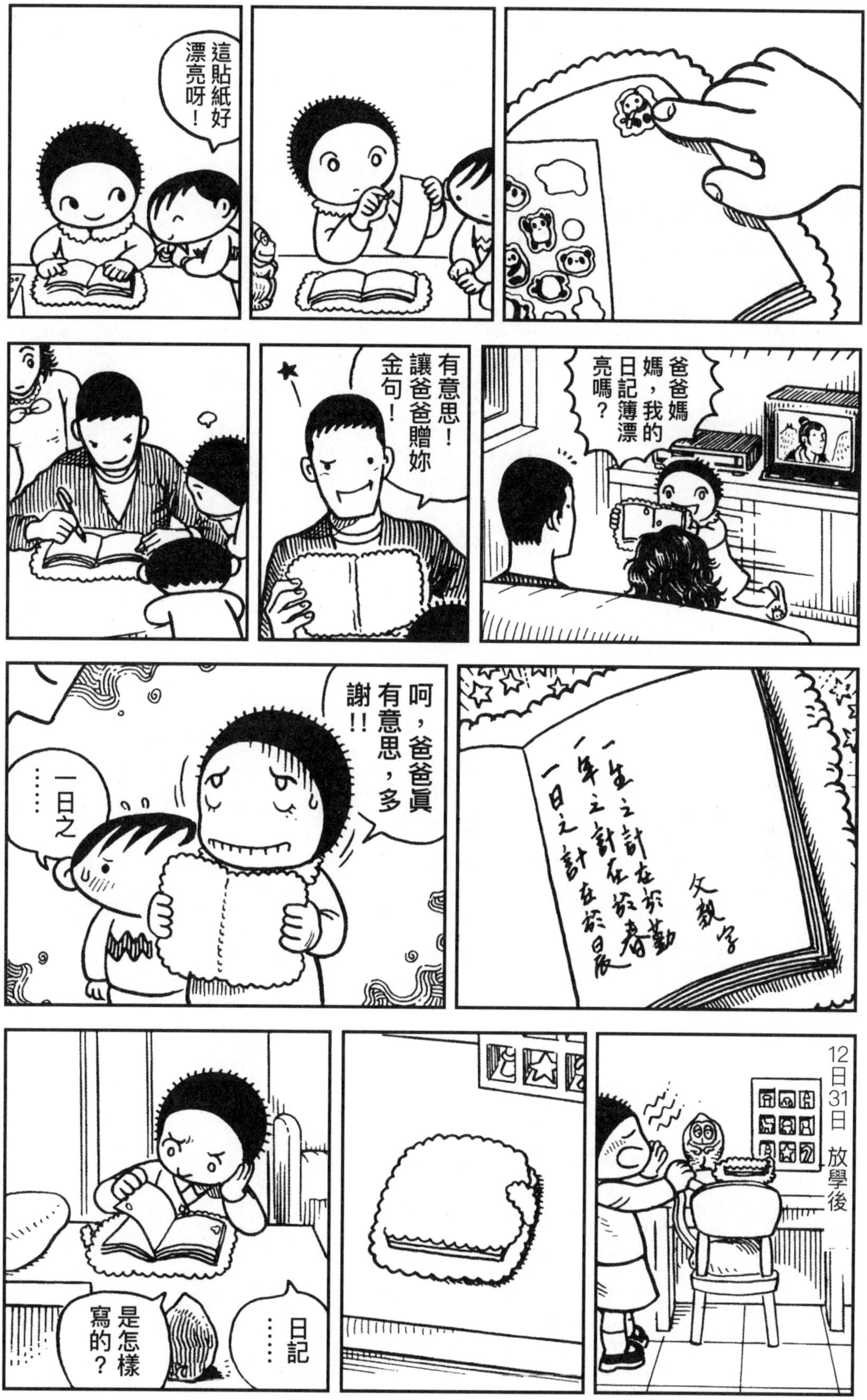
這貼紙好漂亮呀！
爸爸媽媽，我的日記簿漂亮嗎？
有意思！讓爸爸贈妳金句！
一生之計在於勤
一年之計在於春
一日之計在於晨
父親字
呵，爸爸真有意思，多謝!!
一日之……
12月31日 放學後
日記……
是怎樣寫的？

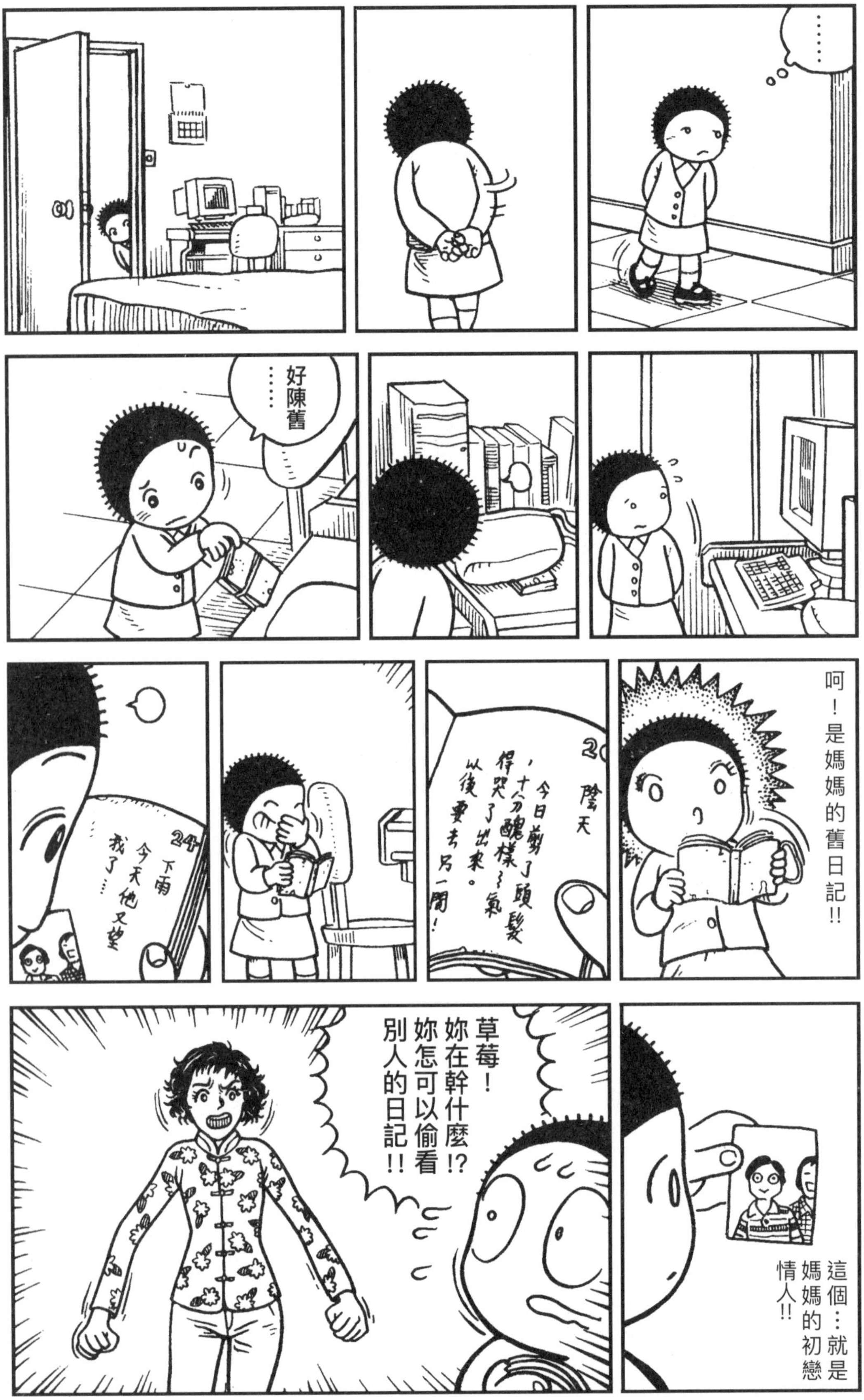
……
好陳舊……
24 下雨
今天他又望我了……
20 陰天
今日剪了頭髮，十分醜樣~氣得哭了出來。
以後要去另一間！
呵！是媽媽的舊日記!!
草莓！妳在幹什麼!?
妳怎可以偷看別人的日記!!
這個…就是媽媽的初戀情人!!

不准看電視，罰企兩小時!!
哇哇!!
太過分了!!
嘻
小螞蟻沒同伴……

……
哈哈……
嘻哈……
今天是除夕！
不如大家一起出外走走？
媽媽……
琪算吧！草莓應該知錯了。
但罰企時間還未夠哩。
媽媽，原諒家姐吧！
對不起……

媽媽，我眞的知錯了。
好冷，我們往便利店喝熱豆奶。
好呀！
草莓，想喝嗎？
好呀。
天氣冷喝熱豆奶眞好。
嘩！踏入新的一年了!!
新年快樂!!
草莓，靜靜告訴我…那初戀情人是怎樣的？
新年快樂!!
突然想吃朱古力。
NO……爸爸你也想罰企…？

alichitak's work, 1998.12.

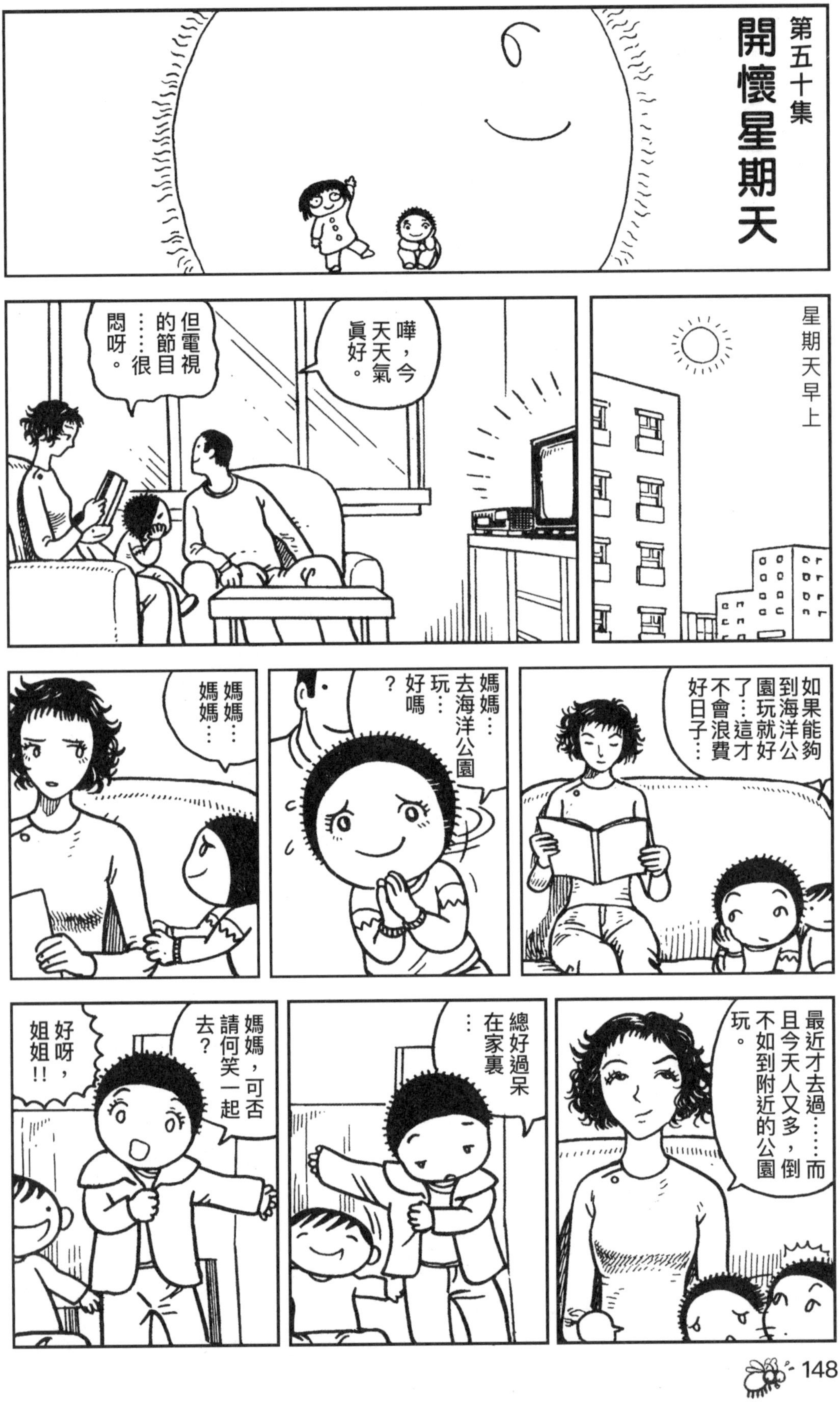
第五十集
開懷星期天
星期天早上
嘩，今天天氣真好。
但電視的節目……很悶呀。
如果能夠到海洋公園玩就好了……這才不會浪費好日子……
媽媽……去海洋公園玩……好嗎？
媽媽……媽媽……
最近才去過……而且今天人又多，倒不如到附近的公園玩。
總好過呆在家裏……
媽媽，可否請何笑一起去？
好呀，姐姐!!

這架遙控車是最新款哩！
昨天才買的…
好喇，一起去玩吧。
何力，你又來!?
小心走路呀!!
哈哈哈…車車跌落坑渠!!
哥哥，不要作弄草莓呀!!

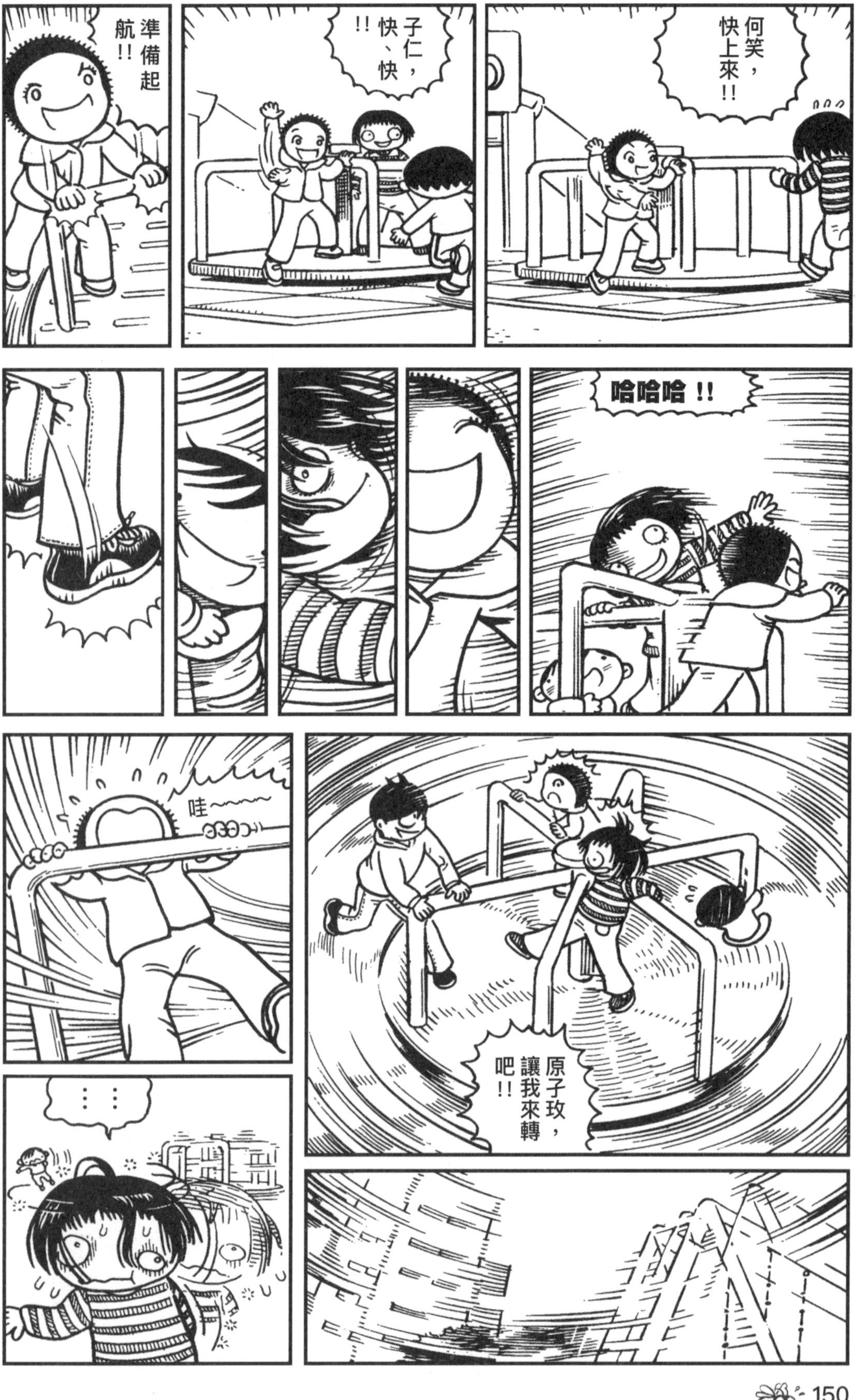
何笑，快上來!!
子仁，快、快!!
準備起航!!
哈哈哈!!
哇~~~~
原子玫，讓我來轉吧!!
……

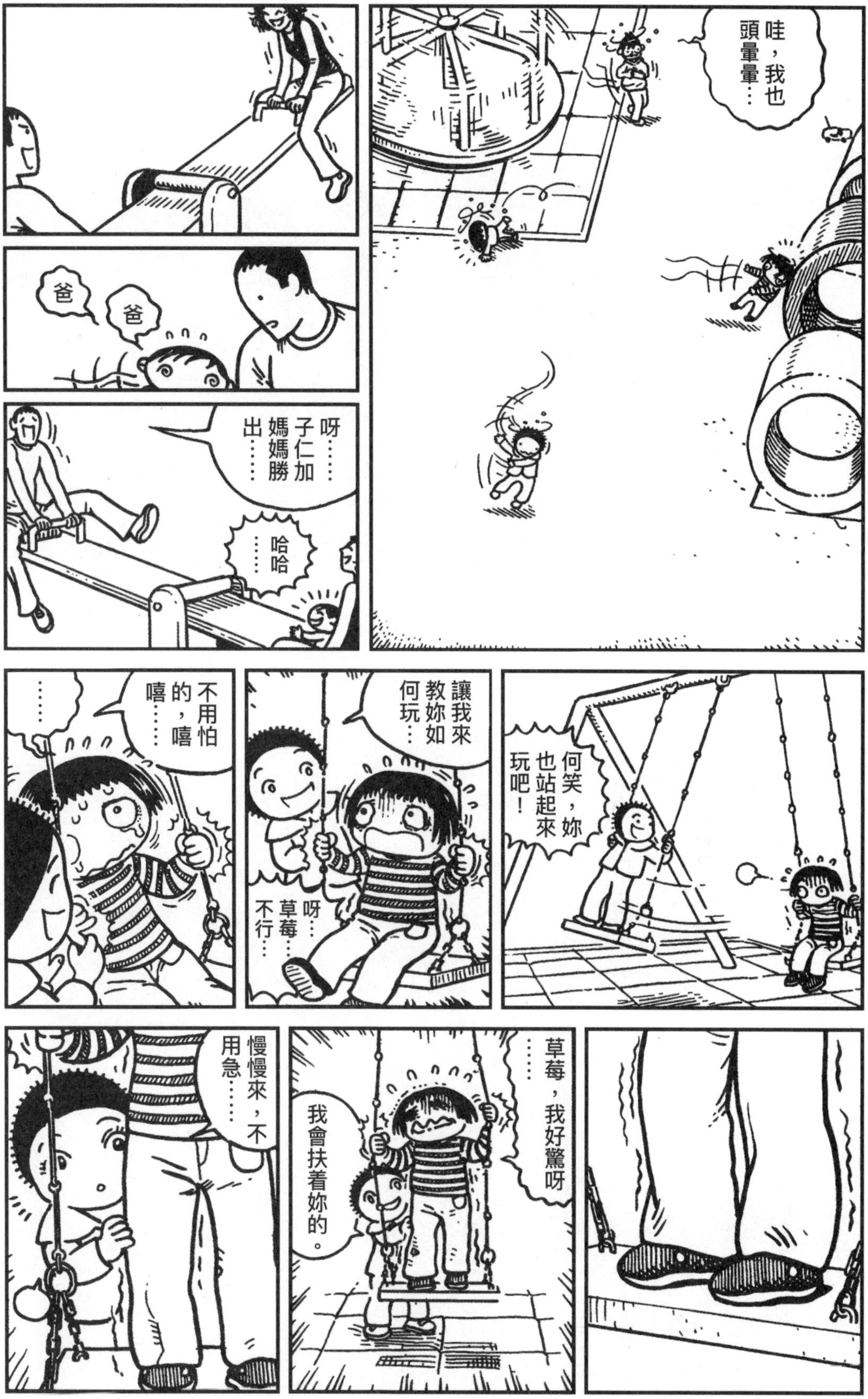
哇，我也頭暈暈……
爸
爸
呀……子仁加媽媽勝出……
哈哈……
何笑，妳也站起來玩吧！
讓我來教妳如何玩…
呀…草莓…不行…
不用怕的，嘻嘻……
……
草莓，我好驚呀……
我會扶着妳的。
慢慢來，不用急……

＊香港的鞦韆多數由康文署及房委會所管理，以往主要是一塊木板和兩邊的鐵鏈組成。隨着時代發展，現在有軟板型、嬰兒型、親子型、盔甲型、圓欖型等。

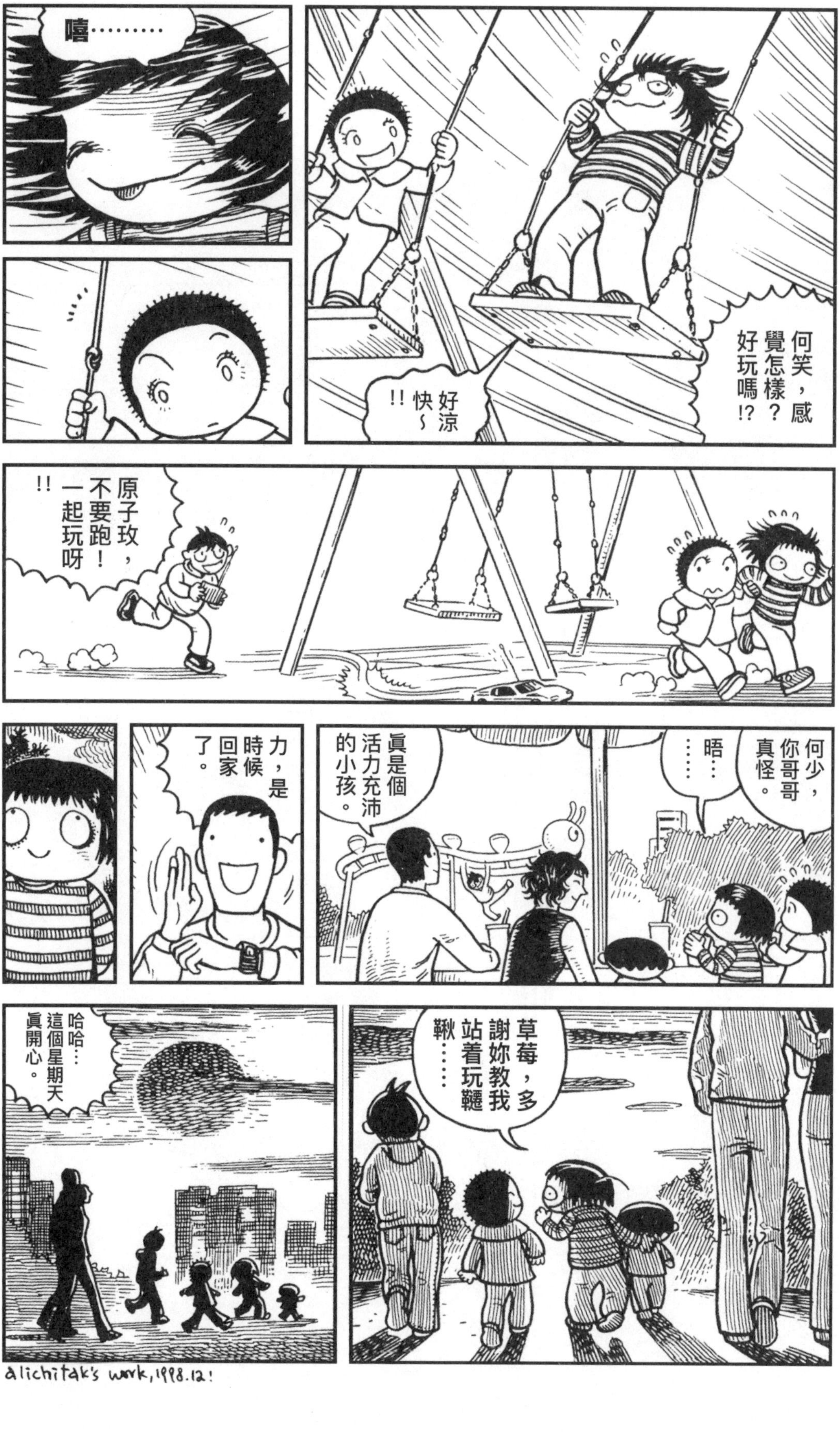
何笑，感覺怎樣？好玩嗎!?
好涼快～!!
嘻………
……
原子玫，不要跑！一起玩呀!!
何少，你哥哥真怪。
唔……
眞是個活力充沛的小孩。
力，是時候回家了。
草莓，多謝妳教我站着玩韆鞦……
哈哈……這個星期天眞開心。

alichitak's work, 1998.12!

第五十一集
大抽獎
?
哦，近來不喜歡喝蔗汁嗎？
寶寶提子汁好味道……
嗗
嗗
嗗
1、2、3、4、5……
還欠8個……
翌日，小息時間
草莓，又再儲果汁蓋掩。

是呀！只要集齊15個，便有機會到玩具王取玩具!!
在1分鐘內，任意取喜歡的玩具。這實在是我的夢想！
個蓋掩便要喝15支寶寶提子汁了……
我們還欠6個……
6個……
在小食部的垃圾桶裏，可能會有很多。
!
娥姐，寶寶。
草莓!!
妮妮，真的很感激妳。
笑，給妳一個蓋掩。

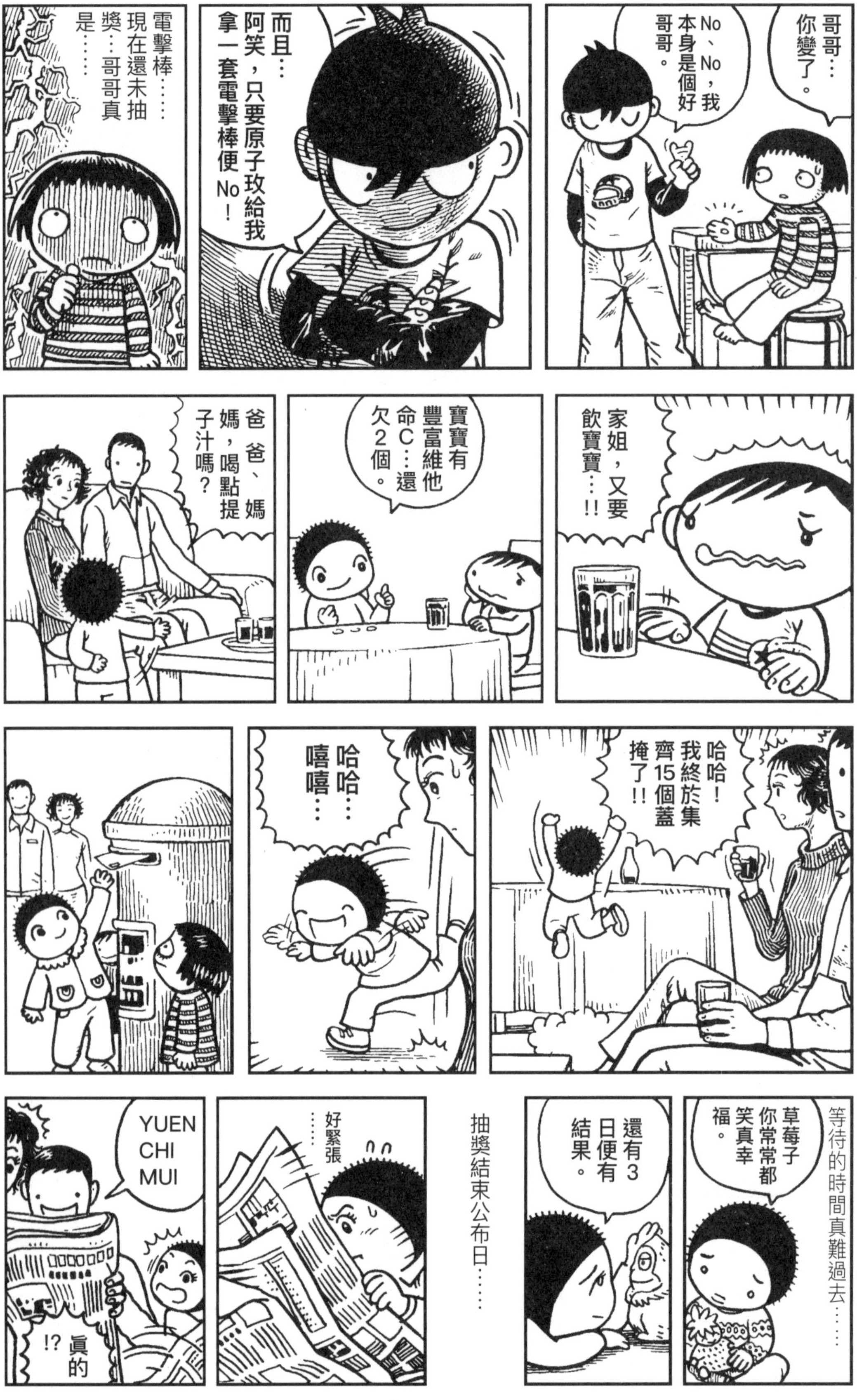

哥哥…你變了。
No、No，我本身是個好哥哥。
而且…阿笑，只要原子攻給我拿一套電擊棒便No！
電擊棒……現在還未抽獎…哥哥真是……
家姐，又要飲寶寶…!!
寶寶有豐富維他命C…還欠2個。
爸爸、媽媽，喝點提子汁嗎？
哈哈！我終於集齊15個蓋掩了!!
哈哈…嘻嘻…
等待的時間真難過去……
草莓子你常常都笑真幸福。
還有3日便有結果。
抽獎結束公布日……
好緊張……
YUEN CHI MUI
真的!?

哈哈……太好了……我要肥超人背囊!!
家姐，我想要磁力超人A！
我想要小木琴，可以嗎？
3號陳小荷……4號原子玫……
我想要一盒微型娃娃。
我想要一副小型的顯微鏡。
草莓，我想要一套巫婆服裝！
我想要甚麼？……呀！想不到……
準備……3…2…1……2
電擊棒、小木琴、微型娃娃、女巫……
GO!
蝴蝶想要的微型娃娃！

小木琴…放在哪裏？
大琴…
這邊……
那邊……
唔！這袋小鴨很可愛。
我也想要……
放在哪裏呢？
找到了!!
好恐怖…嘉慧怎會喜歡這些玩意…
電擊棒放在哪裏呢…？
這個娃娃送給何笑簡直一絕!!
這是米米的！
子仁喜歡的磁力超人。
還有何力的電擊棒！

Alichitak's work, 1999.1.

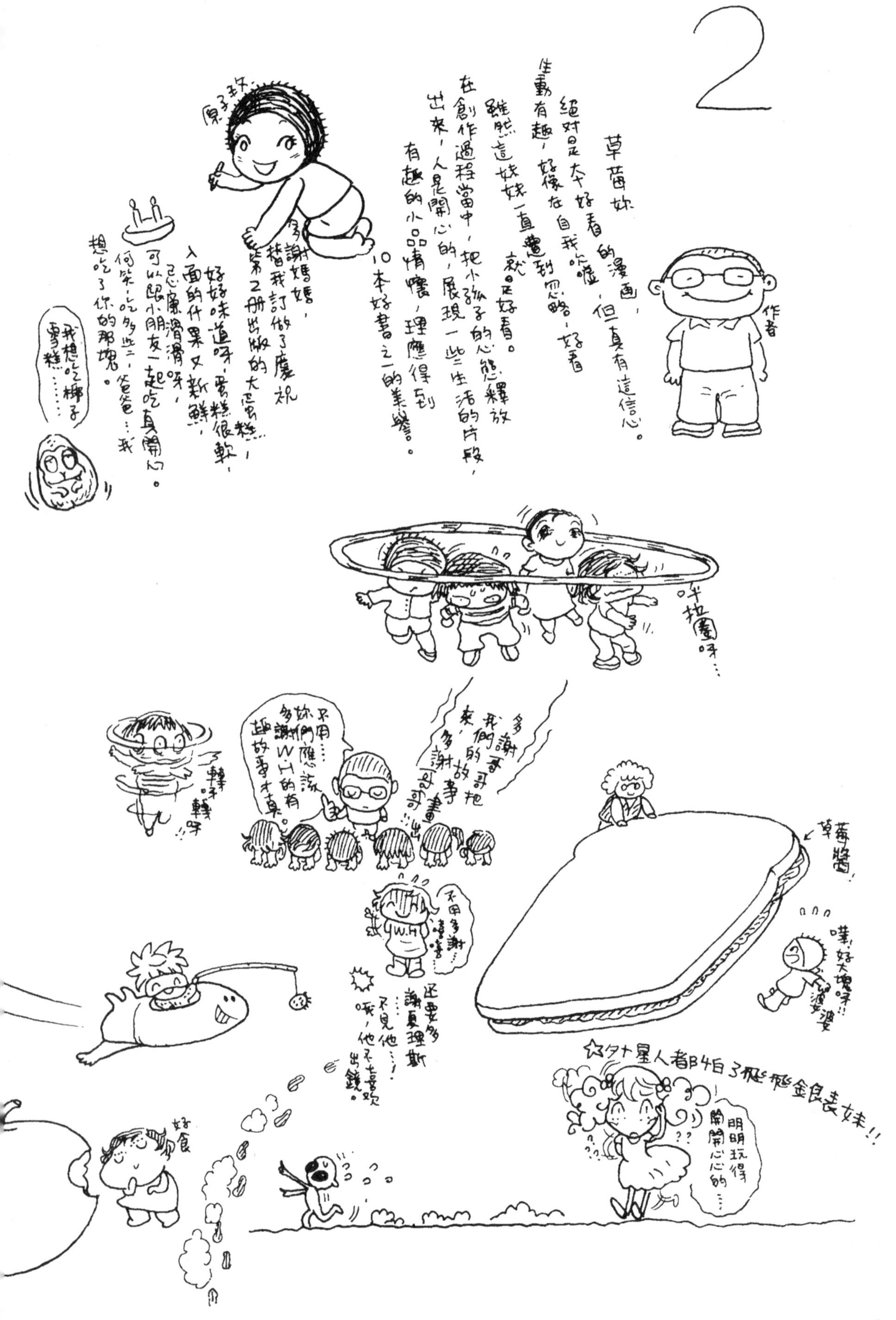
2
草莓妹
絕对是太好看的漫画，
生動有趣，好像在自我吹噓，但真有這信心。
雖然這妹妹一直遭到忽略，好看就是好看。
在創作過程當中，把小孩子的心態釋放
出來，人是開心的，展現一些生活的片段，
有趣的小品情懷，理應得到
10本好書之一的美譽。
作者
原子玫
多謝媽媽，
替我訂做了慶祝
第2册出版的大蛋糕……，
好好味道呀，蛋糕很軟，
入面的什果又新鮮，
忌廉滑滑呀，
可以跟小朋友一起吃真開心。
何笑，吃多些，爸爸……我
想吃了你的那塊。
我想吃椰子蛋糕……
呼拉圈呀……
轉呀轉呀!!
多謝哥哥把我們的故事畫出來，多謝故事哥哥!!
不用……你們應該多謝W.H的有趣故事才真。
草莓醬!
不用多謝……嘻嘻……
嘩，好大塊呀!!
婆婆
还要多謝夏理斯……
不見他……!
哦，他不喜欢出鏡。
好食
☆外星人都怕了飛飛金良表妹!!
明明玩得開開心心的……

第二冊 完

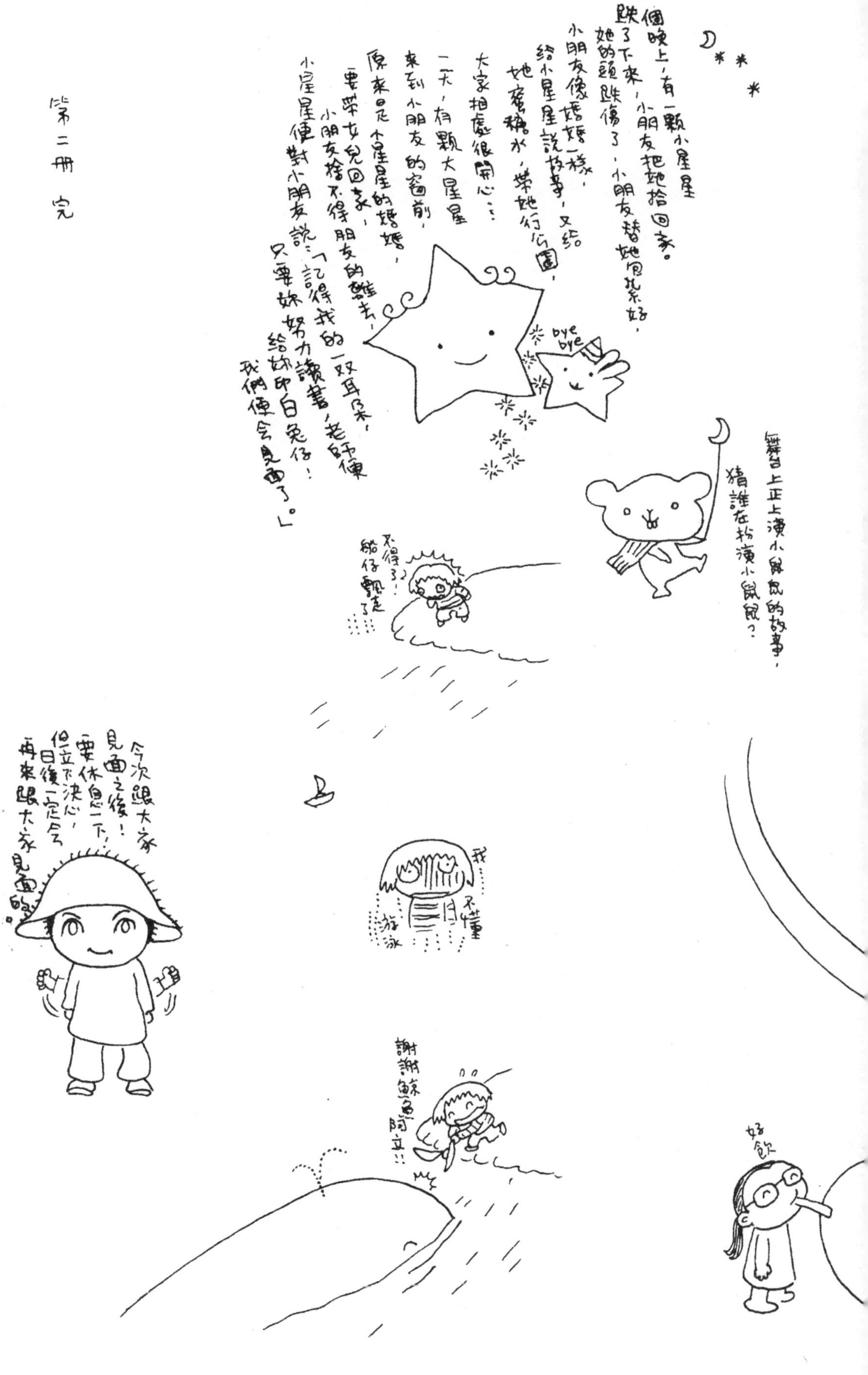
一個晚上，有一顆小星星
跌了下來，小朋友把她拾回家。
她的頭跌傷了，小朋友替她包紮好，
小朋友像媽媽一樣，
給小星星說故事，又給
她蜜糖水，帶她行公園，
大家相處很開心……
一天，有顆大星星
來到小朋友的窗前，
原來是小星星的媽媽，
要帶女兒回家，
小朋友捨不得朋友的離去，
小星星便對小朋友說：「記得我的一双耳朵，
只要妳努力讀書，老師便
給妳印白兔仔！
我們便會見面了。」
bye bye
舞台上正上演小鼠鼠的故事，
猜誰在扮演小鼠鼠？
不得了！豬仔飄走了
我……不懂游泳
今次跟大家見面之後！
要休息一下，
但立下決心，
日後一定會
再來跟大家見面的。
謝謝鯨魚阿立!!
好飲

草莓2妹

繪畫：利志達

故　　事：利志達
製　　作：L Industry
監　　製：W (1998) / K. MAK (2024)
協　　力：夏理斯 (1998) / Fai (2024)

出　　版：今日出版有限公司
地　　址：香港 柴灣 康民街 2 號 康民工業中心 1408 室
電　　話：(852) 3105-0332
電　　郵：info@todaypublications.com.hk
網　　址：www.todaypublications.com.hk
Facebook 關鍵字：Today Publications 今日出版

發　　行：泛華發行代理有限公司
地　　址：香港 新界 將軍澳工業村 駿昌街 7 號 2 樓
電　　話：(852) 2798-2220
網　　址：www.gccd.com.hk

印　　刷：大一數碼印刷有限公司
地　　址：香港 柴灣 康民街 2 號 康民工業中心 1401 室
電　　話：(852) 2558-0119
傳　　真：(852) 2897-2675

圖書分類：漫畫 / 漫畫藝術
初版日期：2024 年 7 月
I S B N：978-988-70184-6-9
定　　價：港幣 250 元 / 新台幣 1125 元

如有缺頁或破損，請致電（852）3105-0332 毛先生

今日出版 TODAY PUBLICATIONS